光文社文庫

コロナと潜水服

奥田英朗

光　文　社

目次

海の家

1

ひと夏、家族と離れて暮らすことになった。

村上浩二《むらかみこうじ》は四十九歳の小説家で、二歳年上の妻と、大学生の娘と息子がいた。東京の世田谷に一戸建てを構え、半地下の十畳ほどのスペースを書斎として使用し、一日の大半を家の中で過ごしていたのだが、ある事情から、どうしても妻と離れたくて、家を出たのである。ある事情とは、妻の不貞である。

広告会社で営業職に就《つ》く妻の洋子《ようこ》が、得意先の妻子ある男と不倫関係にあった。それを知ったとき、浩二は腰が抜けそうなほどのショックを受け、しばらく放心状態だった。洋子はしおらしく謝罪し、不倫相手との関係を直《ただ》ちに終えると言ったが、それで腹の虫がおさまるわけもない。妻を家から叩《たた》き出さなかったのは、ひとえに浩二の気の弱さと、子供たちの手前だろう。浩二が真っ先に思ったのは、「娘と息子に知られてはならぬ」であったのだから、敵（妻のこと）にしてみれば思う壺《つぼ》である。

家にいれば、よそよそしい、ときには刺々《とげとげ》しい夫婦の関係に、子供たちが気づくことは必至で、となればどちらかが出ていくほかない。その場合、作家という時間も場所も自由な立場の浩二が適任であることは言うまでもなく、また世間体からも、妻の不在は近所に恰好《かっこう》がつかず、浩二が出ていくのが自然の成り行きと言えた。大学三年生で就職活動に大忙しの結花《ゆか》と、大学一年生で将来はバンドで食べていくなどと甘いことをほざいている康《こう》介《すけ》には、「おとうさんは、大事な長編執筆に集中するためしばらく一人暮らしをする」と告げてある。いずれも反応は鈍《にぶ》く、結花は「ふーん」、康介は「あ、そう」であった。その無関心さが一方では救いでもあり、浩二はうしろ髪を引かれることもなく家を出た。一人暮らしをするのは、二十数年ぶりのことだった。あまりに久しぶりで、長野の田舎町から上京したときのことを思い出し、感慨に耽《ふけ》るほどであった。なんだか、人生をやり直す気分である。

避難先に選んだのは、神奈川県の葉山町《はやままち》だった。どうせなら海の見える静かな一軒家がいいと贅沢《ぜいたく》な希望を抱き（自分にはそうする権利がある気がした）、湘南《しょうなん》地域の不動産屋を回って貸別荘を探したところ、一軒の不動産屋で、国会議員の鈴木宗男《すずきむねお》を彷彿《ほうふつ》とさせる初老の店主から、「ご主人、だったらいいのがありますよ」と、つばきが飛んできそうな勢いで勧められたのが、葉山御用邸近く、一色《いっしき》海岸から歩いて一分という奇跡的希少物件であった。

「電話線も光ケーブルも引いてないから、インターネットのワイハイっていうの？　そういう環境もなくて、空き家《あきや》にしておいたんだけど、お客さん、どうせ一人で九月まででしょ。だったらいいんじゃないの。実を言うと、大手不動産に売却済みで、秋になると取り壊す物件なんですよね。でもひと夏、誰かが借りてくれるのなら、家主も文句はないだろうし。お客さん、どうですか？　家賃は勉強させてもらうから。ね、ね。家具はついてるの。テーブルでもソファでも。立派なのが。まあ古いけどね。電気水道は通ってますよ。ガスはプロパン。借りてくれるのならうちが手配してあげる。家電品がないから、身ひとつでというわけにはいかないけど、冷蔵庫なんか、安いの買えばいいし。クーラーはいらないんじゃないの。網戸にしておけば涼しい海風が通るから。健康にいいですよ。お客さん、作家なの？　そりゃすごいや。いえ、わたしね、本は好きなんですよ。戦記物とか、昔はよく読んだものです。いやあ、作家の先生にはぴったりの物件だなあ。ね、ね」

店主が有無を言わせぬ無尽蔵の弁舌で攻め立てるので、じゃあ見てみるかと案内を頼んだら、タイムスリップしたかのような大クラシックな二階建ての日本家屋で、庭は広く、涸《か》れているとはいえ池まであり、浩二はこういう物件が生き残っていることに軽い衝撃を受けた。

「元は東京のお金持ちの別邸だったようですね。はっきりしないけど築九十年くらいなんじゃないですか。戦時中は一家の疎開先だったそうだから。その後、バブルの頃にどこかのリゾート会社に買われて、経営者の別荘として使われてたんだけど、バブルがはじけたら、こういうのは真っ先に負債になっちゃうからね。転売、転売が続いて、共同名義もあったりして、一時期は誰が地権者かわからない状態だったんだけど、わたしがその辺をクリアにして、つい最近、大手さんに販売したわけ。いやあ、今どきこれだけの物件は出ませんからね。なんたって御用邸の近くでしょう。天皇陛下なんか、海岸を朝方散歩されてるわけですよ。そりゃまあ警護は付きますが、わたしらのような下々にも気軽に挨拶なさったりしてね。いい人なんですよ。そうそう、それから石原慎太郎《いしはらしんたろう》もたまに散歩してますね。あの人はもうご隠居さんなんですかね、お付きもなく一人で――」

「借ります」

浩二は即決した。あちこち傷《いた》んでいそうだが、どうせ仮の住まいである。不便があっても、秋まで我慢すればいいことだ。それよりこんな広い家に住める機会は、この先きっとない。洋間の書斎には、木製の大きな机と椅子があり、まるで自分に手招きしているかのようである。

「九月末までの限定だから、敷金礼金はいりませんからね。もうサービスしちゃいます。

それから納屋に自転車とか、サーフボードとか、いろいろ残ってますけど、そういうのも自由に使っていいですから。来週には梅雨明けするみたいだし、ご主人、サーフィンでもやってみたらどうですか。どうせなら、ひと夏楽しんでくださいよ、海の家の生活を」

店主が両手を広げ、ショーの幕開けのように言うので、浩二は久しぶりに気持ちが緩《ゆる》んだ。今は妻とのことを忘れたい。波の音を聞くだけで、それが叶《かな》えられそうな気がする。

とりあえずトランク一個分の着替えと寝袋、ノートパソコンだけを持ち込み、浩二の海の家生活はスタートした。近所の電器店で小型の冷蔵庫とラジオを購入し、最低限の文化的生活を確保する。ラジオから地元FM局の軽快なウエストコースト・サウンドが流れるのを聴いたら自然と気分が上向いた。

まずは家を知ろうと、一部屋ずつ点検する。数えたら一階と二階合わせて十部屋もあったので改めて驚いた。十年以上人が住んでいない家の中は、全体に黴《かび》の臭《にお》いが充満し、湿気もたまっていた。浩二はすべての窓を開けて回り、空気を入れ換えた。するとそれだけで、柱の一本一本がすっくと背筋を伸ばしたように感じられ、なるほど家は生き物だと実感した。木造だと尚更《なおさら》である。

続いて納屋を漁《あさ》ったら、使われなくなった日用品がざくざく出て来て、ちょっとした宝探し気分を味わった。木箱の中に鍋や食器を発見したときは「やったー」と思わず声を上げ、タライと洗濯板を見つけたときは、なるほど手洗いしろということかと天命を感じ、扇風機を見つけたときは、稼働することを確認し、目を閉じて神に感謝した。ほかにも、ぶら下がり健康器やら美顔器やら、誰が住んでいたのじゃと茶々を入れたくなる物もあり、浩二は一日退屈しなかった。古い屋敷の探索は、それだけですぐれた娯楽である。

初日はそんなこんなで暮れ、晩御飯はスーパーで買ってきた総菜を並べ、洋間でビールを飲んだ。革張りのソファは表面がごわごわで座り心地が悪かったが、クッションはへたっておらず、皮革用ワックスを塗れば柔らかくなるのではないかと思い、早速《さっそく》明日ホームセンターに買いに行くと決めた。ワックスを買うなら木製品用も必要だ。廊下と板の間は、簡単な雑巾がけはしたものの、乾燥した状態は変わらず、色はくすんだままだった。油脂を染み込ませれば光沢が甦《よみがえ》ることだろう。二カ月半の滞在に過ぎないが、その間だけでも快適に暮らしたい。

浩二は手帳に必要なものを書き出した。掃除用具、洗剤、タオル、スリッパ……。あちこち電球が切れていたので、それも買わなければならない。ラジオから、ローリング・ストーンズの「ユー・ガット・ザ・シルヴァー」が流れてきた。キース・リチャーズが気《け》だるい声で歌う。モノラルの小さなラジオで聴くのは、またちがった趣《おもむき》があった。自宅の書斎には百万円を超えるオーディオ装置があるが、それで聴くより心にしみた。テーブルに足を載せ、焼き鳥をつまんだ。一人だから、行儀が悪くても気兼ねしなくて済む。ブッと大きなオナラもした。天井まで音が軽やかに響く。缶ビールを二本飲み、ウイスキーに切り替えた。

妻の洋子は今何をしているのだろうと思った。夫が家を出て少しはうろたえているのだろうか――。いいや、そういう女ではない。仕事を通じて知り合った二歳上の姉さん女房は、浩二に対して昔から精神的優位に立ってきた。性格がきついわけでもなく、いたって穏やかなのだが、洋子はいつも余裕綽々《よゆうしゃくしゃく》で、浩二を恐れたことはなかった。浮気が発覚したときも、素直に謝罪をしたものの、心底焦《あせ》っている様子はなく、うろたえたのは浩二の方だった。苦しい言い訳をするならまだ可愛《かわい》げはあるのに、あっさり認めたのは、潔さではなく、浩二をなめているからだろう。今頃洋子は、普通に食事をし、普通に風呂に入っているにちがいない。それを思うと、神経の一本一本がぞわぞわと蠢《うごめ》いた。まったく浮気をされた側が気に病んでいるのだから、性格というのは不公平だ。

水割りを五杯飲んだら、頭がしびれてきた。さてどの部屋で寝ようかと思い、風が通り抜ける二階もあったが、トイレのことを考え、すぐ隣の八畳間に寝袋を広げた。畳は傷んでおらず、まだ青々しい匂いがした。いつものベッドではないため、背筋が伸びて気持ちいい。

目を閉じていたら、ものの三分で睡魔が訪れた。浩二は、意識が消えそうになる中、家中の柱という柱がメシメシ音を立てているのを聞いた。これは夢の中なのか、実際に鳴っているのか。鳴っているとしたら、久しぶりに人を迎え入れ、家も息を吹き返したのだろう。ギシギシ。メシメシ。その音は眠りに落ちるまで続いていた。

翌日は朝から庭の草刈りをした。納屋に鎌も鍬《くわ》もスコップもあったので、やってみる気になった。草が生《は》え放題の庭は見た目によくないし、蚊だって発生しやすい。

空は快晴で、日差しが照りつけていた。ラジオの天気予報では、そろそろ関東も梅雨明け宣言が出されるだろうとのことだった。クーラーがないから、今年の夏は、体で季節を感じる夏になりそうだ。

頭にタオルを被《かぶ》り、ショートパンツとランニング姿で作業にあたった。すると五分と経《た》たずに玉の汗が噴き出て、息が上がった。ここ数年、ろくな運動をしていないので、草刈りも浩二には重労働である。ただし爽快感があった。太陽の下、汗だくになるなんて何年ぶりであることか。

鍬で根っこから掘り起こし、土を払い、隅に積み上げる。そんな単純作業が、なぜか妙に楽しく、浩二は時間を忘れて草刈りに没頭した。小説執筆などとちがって、手を動かせばちゃんと成果となって表れるのがうれしい。気がつくと二時間以上も作業に没頭していて、庭の半分ほどがきれいになっていた。

ペットボトルの水を飲み、一息つく。そのとき背中に視線を感じた。はっとして振り返る。二階の開け放たれた窓に目が行った。もちろん人の姿はない。気のせいだと思って作業に戻った。

数分後、また視線を感じた。浩二が振り返る。二階の窓のカーテンが風になびいているだけだった。錯覚にしては、やけにはっきりと誰かに見られていた感じが残っている。

これも気のせいと思うことにした。だいいち誰もいるわけがない。

午後は、ホームセンターでワックスを買い、床と柱を磨いた。すると、元々がいい木材だったせいか、みるみる輝きを取り戻し、貫録ある佇《たたず》まいを呈してきた。そして家のあちこちでメシメシ、キュッキュッといった音が上がり、まさに家屋そのものが息を吹き返したような感じがした。なんだか蘇生の儀式をしているかのようである。

そんなわけで掃除はまるで飽きなかった。明日はどこに手を付けようかと、そんなことばかり考えている。仕事は先送りすればいい。今は月に一本の長編連載があるだけで、締め切りに追われているわけではなかった。浩二は名のある文学賞を獲《と》ったこともある中堅作家だった。量産を課せられる時期はとうに過ぎている。

夜はまたスーパーで総菜を買い、それを食べながらビールを飲んだ。ラジオの地元FM局から、アンドリュー・ゴールドの「ロンリー・ボーイ」がかかり、懐かしさに心が弾《はず》んだ。一人で過ごす夜の、なんと自由であることか。

一日働いたせいか、十時を過ぎるともう瞼《まぶた》が重くなった。我慢する理由もないので、隣の和室で寝袋に潜り込む。一分と経たずに意識が遠のきかけた。

そのとき、二階の廊下を誰かが走る音がした。トントントン。浩二は子供の足音だと思った。リズムが子供の歩幅だ。

幻聴か。すでに夢の中なのか。浩二は考える暇もなく眠りに落ちた。

2

一週間ほど、浩二は家の修繕に勤《いそ》しんだ。午前中は庭を直し、午後からは家の中をいじった。緩んでいたドアの蝶番《ちょうつがい》を締め直したり、雨戸のレールに油を塗って滑りやすくしたり。小さなことでも、手を加えてやれば、家は紳士が身なりを整えたように毅然《きぜん》とした佇まいを見せ、家は大事にするものだと、浩二は改めて思った。

その間、子供の足音も何度か聞いた。浩二が眠りにつくときを見計らったように、二階の廊下をトントントンと音を立てて走るのである。その都度、音の真相を確かめるべく、目を開けようとするのだが、どうにも睡魔には勝てず、夢だと思うしかなかった。

一方、仕事はまったくしていなかった。手につかないのである。書斎のアンティークな机に向かうと、なにやら文豪にでもなった気分なのだが、いざ静寂に身を置けば、思い浮かぶのは妻の不貞ばかりで、とうてい小説を書く気にはなれなかった。なんだかんだ言っても、浩二の頭の中をいちばん占めているのは、そのことなのである。

夫が家を出て一週間になるのに、どうして妻は連絡をしてこないのか。口で言いにくいのならメールという手だってある。それなのにだんまりをきめこんでいるとはどういうことか。普通、出て行った側からは連絡を取らない。ならば妻側から連絡してくるのが当然であるはずなのに、放っておいて平気でいる。三、四日ならわかる。しかし一週間ともなれば、開き直ったかと受け取られて当然である。それを思うと怒りがふつふつと込み上げてくる。

書斎にいても悶々《もんもん》とするばかりなので、浩二は海岸を散歩することにした。学校が夏休みに入り、湘南は若者で溢《あふ》れ返っているが、一色海岸は御用邸のお膝元《ひざもと》であるせいか、総じて静かなローカルビーチである。騒々《そうぞう》しい音楽が流れていないだけで、四十九歳の中年はほっとする。

屋敷の土塀と垣根に挟まれた路地を海岸に向かって歩くと、砂浜の白と空の青とが、路地の出口の幅で縦に細長く切り取られ、その絵葉書のような光景だけで心が癒《いや》された。あの家の昔の持ち主は、なんと贅沢な夏を過ごしていたことか。

浜に出ると、一八〇度のパノラマで青空が浩二を出迎えた。砂浜の照り返しも強烈で、サングラスなしではたちまち視界がハレーションを起こしてしまう。

ビーチサンダルを履いていても足の裏が熱いので、浩二は波際を歩いた。緩やかに打ち寄せる波音が心地よい。南の方角を見ると岩場があり、水中眼鏡をかけた子供たちが磯遊びに興じていた。賑《にぎ》やかな声にひかれて見に行くと、真っ黒に日焼けした子供たちが、磯ガニを捕まえて遊んでいた。

「ぼくたち、地元の子?」浩二が声をかける。

「うん。××小学校」一人が屈託なく答えた。

子供たちは割りばしの先にタコ糸を挟み、スルメをエサにして磯ガニを釣り上げている。

「へえー。そうやって釣るんだ」

「おじさん、知らないの?」

「おじさんは長野県の生まれだから、海のない所で育ったんだよ」

「ふうん。そりゃお気の毒」

子供がませたことを言うので、浩二は苦笑した。

「そんな言葉、どこで教わった」

「うちのおとうさんの口癖《くちぐせ》」

「はは。そうか」

子供との会話がやけに新鮮だった。我が娘と息子もかつてはこうだったと思い出し、時の流れを感じる。

子供たちがまるで警戒しないので、浩二も交ぜてもらうことにした。腰を下ろして、磯ガニを探す。目を凝《こ》らせばあちこちで体長五センチの磯ガニが蠢いていた。そっと手を伸ばし、甲羅《こうら》をつかむ。

「ほうら、素手でも獲れたぞ」

掲げて子供たちに自慢すると、次の瞬間、鋏《はさみ》で指を挟まれ、浩二は宙に手放した。

「痛たたた」

顔をしかめて指を振る。子供たちが声を上げて笑い、ますます場が和《なご》んだ。

浩二は磯ガニ獲りを諦め、岩場から海に降りた。膝まで浸《つ》かり、海中をのぞき込む。一色海岸の海水は実に美しく、小魚が泳いでいるのが見えた。手で掬《すく》おうとそっと両手を海水に差し入れる。腰をかがめた体勢で機をうかがっていると、「わっ」という声とともに、突然うしろから子供に抱き着かれた。

たちまちバランスを崩し、海水に頭から突っ込む。全身が水浸しになった。それを見て子供たちが笑っている。

「こらっ。何をするか」

浩二は憮然《ぶぜん》として叱りつけた。子供でも悪戯《いたずら》が過ぎる。

「おじさん、何言ってんだ。自分で転んだくせに」

一人が言い返す。ほかの子たちもうんうんとうなずいていた。

「うそをつくな。おじさんは誰かに押されたんだぞ」

「やってないよ。だっておれたち、海に入ってないもん」

そう言われれば、そうである。そもそも海水に倒れこんで、すぐに起き上がったが、近くには誰もいなかったのだ。

キツネにつままれたような気分で、浩二は岩場に上がった。確かに子供に抱き着かれた感触が背中にあった。そのとき「わっ」という男児の声も聞いている。

気のせいか。幻聴か。どう判断していいかわからない。とりあえずその場を離れることにした。パンツまで濡《ぬ》れてしまったので、早く着替えたい。

子供たちと別れ、家路をたどる。砂浜を渡って路地に入ると、向こうから日傘を差した老婦人が歩いてきた。プリーツの白いロングスカートがそよ風に揺れている。まるで美智《みち》子《こ》様のようだ。

老婦人は浩二を見るなり、弾《はじ》かれたように立ち止まった。なにやら浩二の右側、腰の辺りに、まるでそこに誰かがいるかのように目を凝らしている。

浩二が右に振り向く。もちろん誰もいるはずはない。すれちがう際、老婦人が挨拶した。

「こんにちは。お暑うございます」

「こんにちは。暑いですね」

「地元の方ですか」

「いえ。東京からです。ひと夏だけ、そこの家を借りていまして」

浩二がすぐ先の民家を指さす。すると老婦人は何やら納得したようにうなずき、「ああ、山崎《やまさき》さんの家ですね」と言った。

「山崎さん？」

「ええ。あなたが今住んでいる家の昔の持ち主。もう三十年も前のことですけどね……。わたしはそこの家の者です」老婦人が、すぐ先の土塀の家に視線を向けて言う。「と言っても、もう人手に渡って、秋には壊されるんですけどね。どうなってるのか気になって、ときどき散歩がてら見に来るんです」

浩二はその方角を見た。今借りている家に劣らず大きな屋敷である。

「そうですか。残念ですね。由緒ある日本家屋が壊されるのは」

「仕方がないことです。時代ですから」

老婦人が会釈して歩いていく。品のいいフレグランスが一瞬香った。


家に帰り、シャワーを浴びた。毎日シャワーで済ませているので、浴槽を使ったことはない。すると、水の出る音に混じって子供が廊下を走る音が聞こえた。トントントン。はっとしてシャワーを止め、耳を澄ませる。二階ではなく一階の廊下で音がした気がした。何も聞こえないので、再びシャワーでお湯を浴びた。トントントン。また音がした。確かに一階だ。シャワーを止め、じっと息をひそめる。家の中は静寂に包まれ、遠くから海水浴客の黄色い声がかすかに聞こえるだけだった。

「誰かいますか？」

浩二は軽い調子で声を上げた。もちろん本気ではない。ただ、そのとき確かに、廊下で誰かが身構えている気配がした。六歳くらいの男児だ。なぜそれがわかるのか、自分でも説明がつかない。

浩二はタオルを腰に巻き、風呂場を出た。その足で一階廊下を玄関まで歩く。子供の気配は消えていた。そうなると、消えれば消えたで、これまでのことはすべて幻聴だったのではないかと思え、頭が混乱した。真っ先に考えたのは、自分は精神的におかしくなってしまったのではないかという疑念である。

浩二は何もする気が起きず、昼間から缶ビールを開けた。ソファに深くもたれ、のどを潤《うるお》す。ラジオの地元FM局からは、ブッカー・Tの「ジャマイカ・ソング」が軽快に流れている。テーブルに足を載せ、考えに耽った。

作家になる前のコピーライター時代、軽いパニック障害にかかったことがある。人と会うのが苦痛になり、打ち合わせはできるだけ避けていた。会議の前などは動悸《どうき》と眩暈《めまい》に襲われ、卒倒したこともある。作家になったのは、一人でできる仕事はないかと、すがるような思いで小説を書き始めたことによる。そんな経験があるから、自分の神経に自信がないのだ。

もちろん、誰もが思いつきそうなことも考えた。幽霊である。いかにもいわくありげな古い屋敷と、秋には取り壊されるという運命。シチュエーションとしては恰好の幽霊物件である。ただ、浩二自身に霊感のようなものはなく、心霊現象に対しての関心もなかった。昔から、いたって合理主義者である。

久しぶりに神経が病んだのだろうか——。浩二は乾いた気持ちで思った。仮にそうだとしても深刻にとらえるつもりはなかった。子供たちはもう大人だし、家のローンも払い終えた。かつて神経症に悩まされたときのようなプレッシャーはない。

トントントン。また廊下を走る音がした。

「走らないでください」

浩二が教師のような口調で声を上げた。ピタッと音がやむ。

「家の中は走らないこと。いいですか」

続けて言葉を発すると、今度は子供がドアの手前まで来ている気配が伝わった。双方に緊張感はない。それどころか返事がきそうな空気がある。

「おじさんはこれから昼寝をします。静かにしていてください」

ビールを飲み干し、目を閉じた。子供の気配は、ゆっくりとドアから離れていった。

3

引っ越して二週間が過ぎようとしていた。毎日の手入れのせいか、家はすっかり生気を取り戻し、三十年は若返ったかのようである。見れば見るほど威厳ある屋敷で、世が世なら文化財に指定されるべき建築物なのではないかと浩二は想像した。一度、商店街で不動産屋の店主と出くわし、「あの家、本当に壊すんですか?」と聞いたら、「そう。だって沿岸道路より海側の一等地だもん。二年後には低層のリゾートマンションが建つ予定。いやね、あの区画には戦前からの古い屋敷が並んでて、貴重なものだってみんなわかってますよ。でもね、誰も相続税が払えないんだから企業の手に渡るのは仕方がないのよ。でしょう? 戦後の日本政治は、富裕層の存在を許さないようにできてるんでしょうね。わたしなんかは、そういうの、どうかと思いますけどね」と速射砲のようにまくしたてられ、反論できずに引き下がった。残念には思うが、一介の作家には残す手立てなどなく、諦めるほかない。

洋子は相変わらず連絡をよこさなかった。二週間の放置はちょっと洒落《しゃれ》にならず、本当にどういうつもりなのかと浩二の心は千々《ちぢ》に乱れた。

まず思うのは、洋子は離婚を覚悟したのだろうかということだ。彼女の性格ならありうる。元来が、懇願してまで何かにしがみつくということをしない女なのである。スタイリストで、いつも余裕の笑みを浮かべている。そのくせ計算だけはちゃんとする。今回の浮気の件も、離婚するとしても、自分からは言い出さないだろう。浩二が言うのをじっと待つ。そして、「あなたが言い出したことだから」と、離婚調停になったときに有利な材料を得ようとする。そしていざ離婚となれば、家を出ていくのは洋子ではなく浩二なのである。その光景が容易に目に浮かぶ。洋子は、「あなた、お金持ちじゃない」なんてことを言い、夫を追い出すのだ。

浩二は想像するだけで身震いした。洋子はそういう女だ。最終的には居直るのだ。

ただ、あれで案外気の小さいところもある。マンション住まいだった頃、上の階の子供が走り回るのがうるさくて、育児休暇中で毎日家にいた洋子がノイローゼになりかけたことがあった。自分からは注意する勇気がなく、一人悶々としているので、見かねた浩二が上の階に交渉に行ったら、幸いなことに常識的な住人で、ことを収めることができた。あのときの洋子は、か弱い女そのものだったが……。

いいや、ちがうな。あれは、夫にいやな役目を押し付けるための演技だったのかもしれない。今となればそんな気がする。洋子は、自分からは言いにくいことを人に言わせるところがある。それが彼女の処世術なのだ。

浩二は貧乏揺すりが止まらなかった。神経がささくれ立ち、落ち着くということがない。

そんなことばかり考えているから、当然仕事は手につかず、海の家に来てからは一枚も書いていなかった。居間のソファに寝転がり、地元FM局を聴いてばかりいる。今日も、ロバート・ジョンの「ライオンは寝ている」が流れる中、一緒になって「リーリーリーリ」と歌っていた。そして何げなく外に目をやると、門のところに日傘を差した婦人が立っていた。

「ごめんください」遠くから声を張り上げている。

「あ、はい」浩二は慌《あわ》てて立ち上がり、縁側に出た。よく見ると、この前路地で挨拶を交わした老婦人だった。

「何か御用でしょうか」

浩二が聞く。老婦人は敷地内に数歩入り、「ブザーを何度も押したんですけど」と言った。

「ああ、すいません。壊れてるんです。どうせ誰も来ないから」

「入ってもよろしいかしら。ああ、わたし、この近所の者で……」

「憶《おぼ》えてます。どうぞ、どうぞ」

浩二が招き入れると、老婦人は日傘をたたみ、ゆっくりと歩いてきた。この前は気にもしなかったが、よく見れば八十歳を超えていそうだ。

「暑いわね。クーラーあるの？」

「いいえ。ないんです。でも、戸をあけっぱなしにしておけば、風が家中を通っていくから」

「そう。昔の家だものね。夏用に造られてるから」

老婦人は手に小さな紙袋を提《さ》げていた。それをひょいと差し出す。

「東京へ行って、お饅頭《まんじゅう》を買ってきたからおすそ分け」

「それはすいません」

浩二は恐縮した。縁側に座布団を敷き、腰を下ろしてもらう。

「この家、まだ仏壇はあるの？」老婦人が聞いた。

「はい。奥の間にあります」

「そう、よかった。何度も人手に渡ってたから、もうないのかと思ってた。お盆だし、お供えしてね」

老婦人が白い歯を見せる。老いてはいるが、昔は美人だったのではないかと思わせる笑顔だった。

「でも、見違えるようにきれいになったわね、この家。わたし、門越しにのぞくたびにうれしくなって」

「そうですか。この前、山崎さんという元の家主の名前をおっしゃってましたが、どんな人だったんですか」

浩二が訊《たず》ねた。

「帝大の先生。詳しいことは知らないけど、経済学の偉い学者さんだったみたい」

「そうでしたか。どうりで立派な書斎があるはずだ」

「やさしい先生だったのよ。遊びに行くと、よく飴《あめ》をくれたし……。子供の時分の話よ。ここの家の子たちと、夏休みになると毎日一緒に遊んでたから」

「ああ、なるほど。戦前の話ですね」

「そうそう。昭和十年代の話」

老婦人が遠い目で言う。浩二は、ふと思いついて聞いた。

「この家に男の子はいたんですか」

浩二の問いに、老婦人は一瞬表情を硬くしたように見えた。

「ええ、いたわよ。男の子二人と女の子二人の四人兄妹で、それは賑やかだったの」

「そうですか」

「どうしてそんなこと聞くの？」と老婦人。

「いえ、とくに。なんとなく聞いてみただけで……」

「そう」

互いに微笑《ほほえ》みを交わす。老婦人は元華族かと思うほどの気品ある佇まいだった。浩二は、なにやら近しい間柄にでもなった気がして、足音の話をしてみた。

「実は、この家に越して来てから、男の子の足音を聞くんですけどね」

「はい?」

「すいません。妙なことを言って。別に幽霊が出るとか、そういう話ではなくて、ぼくの気のせいだとは思うんですが、子供が廊下を走る音がよく聞こえるものですから」

「あら、そう」

てっきり怪訝《けげん》そうな顔をされるのかと思ったら、老婦人は背筋を伸ばし、逆に安堵《あんど》したような表情を見せた。そして「あなた、聞こえるのね」と言った。

「えっ?」今度は浩二が返事に詰まる。

「だったらいいの。ちなみに見えるの?」

「いや、その、姿は見えませんが……。どういうことですか? やっぱり出るんですか? この家」

「出るだなんて、人聞きの悪い」

老婦人がおかしそうに笑う。そしてひとつ吐息《といき》を漏らし、昔話を始めた。

「戦時中のことだけど、この家の次男にタケシ君って男の子がいたの。わたしよりひとつ上だったから、昭和十二年生まれかしら。夏になると、それぞれの家族が葉山町の別荘にやって来て、ここでひと夏を過ごすんだけど、うちは近所だったたし、同年代の子供同士だったから、家族同然の付き合いで、毎日海や山で一緒に遊んでたの。岩場で磯ガニを獲ったり、野山を走り回ったり。あの頃は観光客なんていなかったから、葉山も静かだったのよ。まあ戦時中だし、国中がひっそり暮らしてたこともあったんだけど……。そんな中、昭和十八年の夏、タケシ君が海岸で錆《さ》びた釘を踏んで怪我《けが》をしたのね。それで応急手当はしたんだけど、その夜から高熱が出て……。両親は心配して、近所の医者を呼ぼうとしたんだけど、運悪くその医院が休暇中だったの。で、とりあえず解熱剤《げねつざい》を飲ませて寝かせておいたんだけど、ちっとも熱が下がらないものだから、これはいよいよおかしいだろうって、鎌倉の病院に担《かつ》ぎ込んだの。そしたら実は破傷風《はしょうふう》で、その二日後には呆気《あっけ》なく死んじゃったの」

老婦人の話に浩二は顔をゆがめた。子供が死ぬ話はいつ聞いても辛《つら》い。そして男児の足音のことを思った。やはりあれは幽霊の仕業《しわざ》なのか。

「ご両親は自分を責めてらしてね。早く病院に連れて行けば息子は死なずに済んだって――。わたしは数えで六歳だったから、よくわからなかったし、記憶も曖昧《あいまい》だけど、東京での葬儀に参列して、最後、棺《ひつぎ》が担ぎ出されるところでわんわん泣いたことだけは憶えてるの。もうタケシ君と遊べないって――。山崎さんの家とは、その後も付き合いが続いたんだけど、ご両親が亡くなってからは少しずつ疎遠になって、今は兄妹たちがどうしてるかも知らないの」

「そうでしたか……」

浩二は不思議と温かい気持ちになった。幽霊ならそれでもいい。少なくとも幻聴よりはずっといい。

「この前、そこの路地ですれちがったとき、わたしには見えたの。あなたと並んで歩いているタケシ君が」

「そうなんですか？」

「一瞬だけ。だから気のせいかもしれない。でもね、わたしもそろそろ天に召《め》される歳《とし》だから、いろいろなことが起きるの。死んだ主人が夢枕に立って、昔の浮気を詫びるとか。うふふ。おかしいでしょ」

「いえ、そんなことは……」

「とにかく、タケシ君が楽しそうにしてたから、わたしもうれしかった。久しぶりに遊び相手ができて、タケシ君もよろこんでるんじゃないかしら」

「そうでしたか……」

浩二は半信半疑でありつつ、霊であるならばいろいろなことが腑《ふ》に落ちた。一色海岸の岩場でうしろから抱き着かれたことも、タケシ君の悪戯だったのかもしれない。

「秋には家が取り壊されるし、タケシ君の夏も本当にこれが最後ね。遊んであげてちょうだい」

老婦人がそう言って辞去する。浩二は夢を見ているような気分で彼女のうしろ姿を見送った。そろりそろりと品よく歩いて行く。日傘が夏の太陽光に照らされ、眩暈がするほど白かった。

早速、仏壇の間に行き、いただいた饅頭を供えた。

「タケシ君、食べていいよ」

手を合わせてひとりごちると、「きゃきゃ」と子供のはしゃぐ声が上から聞こえた。はっとして見上げるが、黒光りした天井板しかない。

浩二は老婦人の話に乗ることにした。元々が現実主義者で、霊魂など信じたことはないが、ひと夏のことと思うなら悪くない経験である。それに悪霊というのならともかく、数えで七歳の男児である。それに気が紛《まぎ》れるのもいい。

「秋までよろしくね」

天井に向かって言ったが、それには返事がなかった。

4

八月に入ってすぐ、担当編集者が様子を見にやって来た。海の家に越して来て最初の東京からの来客である。まだ二十代で独身の川崎《かわさき》という男は、浩二が住んでいる家を珍しそうに眺め、「こんな建物が残ってたんですね」と、断りもなくスマホで写真を撮り始めた。

「この家、床下が空洞じゃないですか」

「縁の下って言うんだよ。知らないのか」

「ああ、縁の下の力持ちって、ここから来てるんですね」

平成生まれの川崎が膝を打ち、あっけらかんと言う。令和生まれが出てくる頃は、自分など古代人扱いだろうなと、浩二は吐息をついた。

「先生。静かな所だし、お原稿、さぞやはかどっていることと推察しますが」

一通り写真を撮り終えた川崎が、時代がかった口調で言う。

「いや、それがな、一枚も書いておらんのだよ」

浩二も文豪にでもなったような気分で言い返した。

「どういうことですか。毎日何やってるんですか？」

「いろいろだよ。庭の草むしりとか。物置の整理とか」

「取り壊しの決まってる家でしょう？」

「それはそうだが、短期間でも快適に暮らしたくてな。いい家なんだよ。滅多《めった》にない経験だね」

「そりゃそうでしょうけど……」

川崎が恨めしそうな目で見る。

「まあ、書下ろしなんだから、焦る必要もないし、じっくり取り組むよ」

「お願いしますよ。来年の出版計画にもう入ってるんですから」

トントントン――。そのとき、廊下でいつもの足音がした。浩二がはっとして視線をその方角に向ける。川崎は、どうかしたんですかという顔をしていた。

トントントン――。また足音がする。

「君、何か聞こえなかった？」浩二が聞いた。

「は？　何も聞こえませんが」川崎が答える。

なるほど、誰もが聞こえるわけではなさそうである。

「じゃあいい。ぼくだけか」

「ええと、何のことですか？」

「実はね、この家には七歳の男の子の霊が棲《す》みついていて、ときどき廊下を走り回るんだよ」

浩二は、老婦人から聞かされた話も交じえ、引っ越して来てからの霊現象について打ち明けた。川崎は眉《まゆ》をひそめ、考え込んでいる。

「いや、別に信じなくてもいいよ。実際、自分でも半信半疑だから」

「はあ……」

「君、村上浩二がおかしくなったなんて、会社に帰って言わないように」

「言いません、言いません」

川崎が大袈裟《おおげさ》にかぶりを振った。

夕方、帰るという川崎を引き留め、晩酌に付き合わせた。葉山町だから、晩御飯を食べてからでも帰京できる。

「こんな大きな家に一人でいて、寂しくないですか？」川崎が聞いた。

「全然。かえって気が楽だよ。子育ても終わったし、家のローンも完済したし、なんか解放された気分かな」

「奥さんは何も言わないんですか？」

ない。

「ああ、そうね」

妻のことを持ち出され、一瞬顔が引きつった。

「いい奥さんですね。夫のことを信じてるんだ」

「そういうわけじゃないさ」

口調まで硬くなった。洋子の顔を思い浮かべ、苦々しくなる。信じてるなんて冗談では
ない。

「君はまだ結婚しないのか。もうすぐ三十だろう」

「あ、そういうの、男同士でもセクハラなんですよ」

川崎が明るく言い放った。浩二は自分が年寄りになった気分である。

パンパンパン——。そのとき海岸の方から爆竹《ばくちく》の音が鳴り響いた。続いて若者たちの笑い声が聞こえる。

「うるさいなあ」

浩二が騒音の方向を睨《にら》みつけて言った。

「夏休みですからね。いろんなのが来ますよ」

「それにしても爆竹はマナー違反だろう。注意してくる」

酔いもあって気が大きくなり、浩二は立ち上がった。

「やめた方がいいんじゃないですか。相手はきっと暴走族かなんかですよ」

心配した川崎が後をついてくる。浜辺に出てみれば、果たしてチンピラそのものといった風体《ふうてい》の男たちと、その情婦然とした女たちが十人近くいて、酒が入っているのか大声で騒いでいた。

「村上さん、彼らに注意するのは自殺行為だと思うんですけど」と川崎。

「うむ。君の意見を採用する」

業腹《ごうはら》ではあったが、浩二は我慢することにした。

家に戻ってビールからウイスキーに切り替える。

「土日とか、ご家族は呼ばないんですか?」川崎が聞いた。

「あのね、おれは一人になりたくてこの家を借りたの」

「奥さんとは毎日連絡を取り合ってるんですか?」

「取り合ってないよ」

「結婚生活も長いと、そういうものなんですか」

「うるさいな。君もいつかわかるさ」

浩二がぞんざいに答える。海岸ではまだ若者たちの馬鹿騒ぎが続いている。

翌日の昼、川崎から電話があった。たいていはメールなので、珍しいことだった。「昨日はごちそうさまでした。ありがとうございます。それで、ちょっとお知らせしたいことがあって電話したんですが……」川崎が何やら深刻そうな声で話をする。「実は、僕が撮った家の写真の中に、男の子が写っているカットが一枚あるんですよね……」

「うそ」浩二は絶句した。

「本当なんです。家の外観を庭から撮った写真で、二階の窓から男の子がカーテンに隠れるようにして顔をのぞかせていて……。村上さん、昨日、男の子が廊下を走る音が聞こえるとかおっしゃってましたよね。だから、これってきっと心霊写真ですよ」

「わかった。とりあえずメールで送ってくれ。おれも見たい」

「わかりました。それとインスタグラムにアップしてもいいですか？」

「いや。それは待ってくれ。ひとつ間違うと大騒ぎになる」

浩二は即座に引き留めた。ネットで拡散すれば、信じない人間はフェイクだと攻撃するし、信じた人間は場所を特定して押し寄せてくる。しかも一生消えない。

「わかりました。じゃあ、やめます」

川崎は少し不服そうだった。

いったん電話を切り、三分ほど待つと、川崎から写真付きメールが届いた。開いて見てみると、それはテレビでよく目にする心霊写真とは印象が異なる、ただのスナップだった。白っぽい影とか、半透明の像とか、そういった類《たぐい》のものではなく、人が輪郭もはっきりと写っている。何も知らないで見れば、ただ子供が写っていると思うだけである。

浩二は驚くとともに、不思議な感覚を味わっていた。心霊写真なのに少しも怖くないのはどういうことか。それどころか、まるで新たに息子ができたような気分である。

再び川崎から電話がかかって来た。

「ご覧いただけましたか」

「うん。見た、見た」

「これって凄《すご》くないですか。正真正銘の心霊写真ですよ。スクープですよ」

「おい、くれぐれも拡散させないでくれよ。人にも言うな」

「実は副編集長には見せたんですけど」

「あ、そう。それで？」

「おまえ、おれをからかってるんだろうって、信じてもらえませんでした」

「そうだろうな。これだけはっきり写ってると逆に信じられないよな」

「ぼく、お祓《はら》いしてもらった方がいいですかね」

川崎が若者らしからぬことを言うので、浩二は噴き出してしまった。

「写真を見ろよ。悪い霊に見えるか？」

「それもそうですが……」

「とにかく騒がないでくれ。どうせこの家があるのは秋までだから。壊されたら子供も天国に帰るさ」

「わかりました」

電話を切り、あらためて写真を見た。男児が二階の窓から庭を見下ろしている。誰か来たの、とでも言いたげに。その表情は子供らしく穏やかで、無邪気だった。これがタケシ君か――。

「おーい、タケシ君。秋までよろしくね」

浩二が天井に向かって声を上げる。とくに反応はなかった。

どこまでが現実なのか、正直なところよくわからないのだが、浩二にはどうでもいいことだった。今は霊の存在が癒しになっている。

5

翌週、娘の結花が遊びに来た。結花は興味深そうに家の中を散策し、川崎と同様、古い日本家屋の造りに感心していた。

「昭和っていい時代だったんだね。家が生きてる感じがする」

結花が、あちこち叩きながら言う。

「そうだろう。代々住み継ぐっていう前提で造られてるからな」

「おとうさん。この家買って」

「だめだ。秋には壊される。それに、これだけの土地だと相当な値段だろう。おとうさんでは手が出ないよ」

「もったいないなあ。ねえ、今夜、泊まってもいい？」

「いいよ。寝袋でよければ」

「あばら家だったら日帰りするつもりだったけど、この家なら泊まって行く。海で遊びたいし」

太い柱に頰ずりし、うっとりしたような目で言う。高校生以降、娘と二人きりになることなど滅多にないので、逆に浩二の方が緊張してしまった。

その後、結花は一人で浜辺を散策し、二度ほどナンパされ（本人がそう言っていた）、夕方になり、肌を赤くして帰ってきた。

「日焼けしてもいいのか」

「平気。いまどきの女子大生は色白志向だから、逆に日焼けしてた方が健康的で就職面接で印象に残るって、先輩に教えられた」

「はは。そういうことか」

夕食はすき焼きにした。自分が食べたかったのと、準備が楽だからである。カセットコンロをテーブルに置き、フライパンで代用し、すき焼きを親子でつついた。ラジオの地元FM局からは、ジャクソン・ブラウンの「レイト・フォー・ザ・スカイ」が流れている。

「テレビがない生活もいいね」と結花。

「そうだろう。パソコンもネットにつながってないし、静かでいいよ」

「おとうさん、秋になったら帰ってくるんだよね」結花が妙なことを口にした。

「どういうこと？」浩二が聞き返す。

「だって、おとうさんとおかあさん、喧嘩《けんか》してるんでしょ？」

結花が肉を頬張りながら、目を合わせないで言った。

「どうしてそう思う？」

浩二は表情を保ちつつも、顔が熱くなった。

「子供だってわかるって。ひとつ屋根の下で暮らしてれば。家を出るまでろくに口を利《き》かなかったし、晩御飯を食べるとさっさと書斎にこもるし」

「そうか」

とくに否定はしなかった。むきになっていると思われたくない。

「喧嘩の原因は聞かないけど、おとうさんが出ていくのは初めてのことだし、よほどのことがあったのかなって」

「康介はどうなんだ」

「さあ、気づいてないんじゃないの。バンド活動に夢中で、ほとんど家にいないし」

「ふうん」

浩二は曖昧にうなずいて返事を濁した。いくら親子でも……、いや親子だからこそ、おかあさんが浮気したなどとは言えない。

「おかあさんはどうしてる？」

「普通にしてるけど」

「そうか」

さもありなんと思った。妻は時間が解決すると高をくくっている。そういう女だ。

「なんか、熟年離婚もあるのかなって、そんな想像しちゃった」

結花がドキリとするようなことを言った。

「そんなことはないさ」

浩二が答える。本心はともかく、今はそう答える以外にない。

少し気まずい沈黙があってから、結花が「おかあさん、ずるいからね」と、ぽつりと言った。浩二は黙って聞いていた。

「自分からは言わずに、誰かに言わせるのがおかあさんの常套《じょうとう》手段だし。万事がそうだもんね。PTAでも町内会でも、何か言いたいときは、誰かを焚《た》きつけて、その人に言わせるじゃない。そういうの、ずるいなって、昔から思ってた。今回の件にしても、何があったかは知らないけど、自分は出ていかず、おとうさんが出ていくよう仕向けたんじゃないかなあって」

「お前、自分の母親のことを……」

「いいじゃない。もう子供じゃないんだし。育ててもらったことは感謝してるけど、成人したら人格は別。わたしは、わたし」

「それにしたって……」

「根競《こんくら》べしてるんなら、おとうさん、負けるよ。そういうの、おかあさんの方が役者だし」

結花が、憂《うれ》いを含んだ笑みを浮かべて言う。浩二は言い返せなかった。まったくその通りである。子供は親をよく観察している。

「ま、わたしは、おとうさんの味方だから。性格似てるし」

「そうか？」

「そう。おとうさんもわたしも感情をため込むタイプ」

「ふふ」浩二は目を伏せ、苦笑いした。

「頭に来ることがあっても、うまく怒れなくて、その場は我慢して、後からふつふつと怒りがこみ上げる、そういう損な性分《しょうぶん》」

「そうだな。結花の言うとおりだ」

浩二は納得する一方で、娘が、自分が思っているよりずっと大人であることに安堵した。これなら社会に出てもやっていけそうだ。

「おとうさん、我慢し過ぎないように」

「うん。ありがとう」

しかし、娘に心配される日が来るとは——。浩二はそっと吐息をついた。

夕食の後、浩二は夜風に当たりたくて浜辺を散歩することにした。結花は「おなかいっぱいだから」と留守番を選んだ。サンダルをつっかけ、玄関を出ると、タケシ君がついて来る気配を背中に感じた。知らないお姉さんが来て照れているのだろうか。そんな想像をし、七歳の霊を可愛く思った。

月明かりが照らす浜辺には、恋人たちのシルエットがそこかしこにあった。若者たちの笑い声が聞こえる。自分にもあんな時期があったなと、浩二は感慨に耽った。妻との恋愛時代、沖縄に旅行したことがある。そのとき、浩二はプロポーズをした。夕暮れどきの浜辺で、かなり照れながら、ぼくと結婚してくださいと言った。妻はこくりとうなずき、人目もはばからず抱き着いてきた——。

思い出したら辛くなってきた。今となっては一生の不覚のような気がする。……いや、さすがにそれは言い過ぎか。妻と二人で、たくさんのしあわせを得てきたことも事実である。

しかし、だからこそ、妻の浮気は許し難い。どうして家族の思い出をすべてぶち壊すような真似《まね》をするのか。

浩二は大きなため息をついた。波の音が、呼応するかのように響いている。

娘は、自分の母親に対して「ずるい」と言った。表現はともかく、その指摘は当たっている。昔から妻はそうだった。そこそこの美人で、男あしらいがうまく、甘え上手で、誰からも好かれた。そして女を使った。

もっともそれに気づいたのは結婚してからである。出会った頃は、自分だけが好意を寄せられていると思っていた。そう思っていた男がほかにもいたことは、後になって知った。洋子が浩二を選んだのは、本能的に値踏みしたからだろう。浩二はコピーライターとして、二十代の頃から一目《いちもく》置かれ、売れっ子だった。この男なら稼《かせ》いでくれると思ったのかもしれない。そしてその通りになった。妻にとっては当たりクジだった——。

浩二は波打ち際に立ち、右岸に瞬《また》く民家の明かりに目をやった。その明かりの灯《とも》る家の、ひとつひとつに誰かの人生があるかと思うと、みんなどうしているのかと聞きたくなった。

妻の浮気は、おそらくこれが最初ではないだろう。妻であるより、母であるより、洋子は女なのだ。夫がいようが、子供がいようが、ときに恋をする。

夫として、これはたまらんぞ——。浩二は心の中でつぶやいた。頭を掻《か》きむしり、荒い息を吐く。許せるわけがないだろう——。

娘は「熟年離婚」という言葉も口にした。これまで考えてもみなかったが、言われて選択肢になった。離婚しても一人でやっていける自信はある。元々亭主関白ではなく、家事も分担してきた。それに、ずっとフリーランスでやって来たから孤独には強い。

しかしいざ離婚となると、さらなる難題が待ち受けているだろう。財産分与で洋子は最大限の要求をしてくる。家は妻のもの、預貯金も半分は妻が持っていく。あなたいいじゃない、人気作家でたくさん稼ぐんだから。妻なら言いかねない。そして自分はと言えば、恰好をつけて、身ひとつで家を出ていくのだ。

浩二は、叫び出したいほどの焦燥感《しょうそうかん》に駆《か》られた。まったく自分がいやになる。腹いせにこのまま海に飛び込んで溺れ死んでやりたいくらいだ。

そのとき、後方で爆竹が鳴った。思わず首をすくめる。続いて大きな笑い声が聞こえた。見ると、数人の若い男女が浜辺で騒いでいた。いつぞやも同じようなことがあった。よそから来た不良たちだろう。浩二はかかわりたくないので、迂回《うかい》して帰ることにした。不快な思いで砂浜を歩いていると、目の前に火花が飛んできた。ほんの数メートル先で、爆竹が破裂する。浩二は飛び上がって驚いた。

「うひゃひゃひゃひゃひゃ」

若者たちが笑っている。どうやら自分はからかわれたらしい。全員酒が入っているのか、異様にテンションが高い。

「おい、ふざけた真似をするな」

浩二は声を上げて抗議した。ほかにいたカップルは難を恐れて消え去っていた。

「あ？　なんか文句あんのかよ」

若者の一人が言い返し、体を揺すって近寄ってきた。

「この海岸は花火禁止だ。それより常識で考えろ。夜中に騒いで近所迷惑だろう」

「あ？　おっさん、おれらに説教する気か」

酒臭い息を吐いて顔を寄せてきた。見たところ、完全なチンピラである。浩二は身の危険を感じたが、立ち止まって対峙《たいじ》した。喧嘩に自信はない。それどころかしたこともない。ただ、こっちもむしゃくしゃしていた。

「警察を呼ぶぞ。すぐそこは御用邸だ。警備の警官がたくさんいる」

「うっせえんだよ」男が吠《ほ》える。

威嚇《いかく》なのか、本気なのか、男がボクシングの構えをした。

「やってみろ。大人を殴ってただで済むと思うなよ」

浩二が勢いで言う。次の瞬間、男の拳《こぶし》が左胸に当たった。本当に殴ってきた――。浩二はその場にうずくまった。

次の一撃は蹴りだった。同じ胸部に衝撃が走る。

「馬鹿野郎。なめんじゃねえぞ」

男が吠える。ほかの若者たちも「うひゃひゃ」と奇声を発していた。

浩二は砂の上に突っ伏した。呼吸ができない。心臓が停《と》まった感じがする。

「おい、やべえんじゃねえのか」

ほかの人間の声が上から降りかかってきた。

「気絶してるよ」

「逃げろ、逃げろ」

若者たちの声が遠ざかる。意識が薄れる。ああ、自分は死ぬのか。どこか他人事《ひとごと》のように浩二は思った。死にたくはないが、まあいいかという思いもあった。半分くらい、楽になれるだろう。

あっという間に、意識が切れた。

6

ふわりと体が浮かぶような感覚があり、浩二は目が覚めた。ここはどこか。自分は誰か。頭の中が真っ白な状態が五秒ほど続き、何も考えられないでいるところに、娘の結花の顔が視界に飛び込んできた。

「あー、よかった。起きた、起きた」

結花は声を発するなり、部屋を出て人を呼んだ。すぐに白衣を着た医者と看護師が現れる。そこで初めて、ここが病院だと浩二は理解した。

「おとうさん、わたし、わかる？」と結花。

「ああ、わかる」

「よかったー」結花が顔をゆがめ、大きく息をつく。

「村上さん、医師の田中《たなか》です。ご気分はどうですか」

続いて医師が聞いた。

「大丈夫です」

「そうですか。気絶していたことはわかりますか？」

「わかります」

「どこで気絶したか、憶えていますか？」

「憶えてます。一色海岸で不良たちに暴行されました」

医師がいくつか質問し、浩二はベッドに寝たままそれに答えた。徐々に記憶が甦ってくる。どうやら気絶はしたが、助かったらしい。ただし胸が痛い。殴られ、蹴飛ばされたことを思い出す。

「おとうさん、心肺停止だったんだよ」結花が言った。

「ほんとに？」浩二は驚いた。やはり死んでもおかしくなかったのか。

「すぐに救急車が来てくれたから助かったけど、十分遅れたら危なかったんだって」

「誰が救急車を呼んだんだ」

「わたし」

「なんでお前が。家にいたんだろう」

「男の子が駆け込んできて、おじさんが大変だから海岸に来てって」

「男の子？」

浩二は目を剝《む》いて聞き返した。

「そう。六、七歳かなあ。坊ちゃん刈りの可愛らしい子。こんな夜遅くにどうして一人でいるのか不思議だったけど、とにかく、男の子について行ったら、おとうさんが砂浜に倒れてた」

「それで？　男の子は？」

「男の子はそこで消えた。わたし、慌ててスマホで一一九番して、救急車呼んで、ふと振り返ったら、もういなくなってた。地元の子だと思うんだけど、捜してお礼言わなきゃ」

浩二は放心状態になった。タケシ君が助けてくれた――。

「びっくりしたー。わたし、生まれて初めて腰が抜けた。あのとき、おとうさん死んだかと思った」

結花が、そのときのことを思い出したのか涙ぐんだ。

「村上さん、もう遅い時間ですが、警察官が下に来ているので、少しだけ事情聴取に応じてくれませんか。これは重大事件ですから、警察もちゃんと捜査するようです。話せますか？」

医師が言い、浩二は承諾した。壁の時計を見ると、午後十一時だった。自分は二時間ほど意識がなかったらしい。

タケシ君が助けてくれた——。浩二は、その言葉を心の中で何度も反芻《はんすう》した。

翌朝、病室で目が覚めると妻の洋子がいた。

「気分はどう？　あなた、ちょっとしゃべってみて」ベッドの横に来て言う。

「何を」

「なんでもいいから。呂律《ろれつ》が回らないとか、そういう症状があったら再検査が必要だって、お医者さんが言ってたから」

「あー、あー、わたしはカモメ、わたしはカモメ」

「大丈夫ね。冗談が出るくらいだから」

洋子がにこりと微笑む。まるで円満な夫婦であるかのように。

「わたし、後遺症が出たらどうしようかと思って、心配で眠れなかった」

「君、いつ来たの？」

「ゆうべ遅く。結花から電話があって、おとうさんが心肺停止で病院に担ぎ込まれたっていうから、慌ててタクシーで駆け付けたの。二万円もかかっちゃった。まあ、それはいいんだけど。で、あなた、安定剤をのんだとかで、もう眠ってたから、わたしは簡易ベッドを用意してもらって、隣で寝てたの」

「そう。結花は？」

「コンビニ。おなかが空《す》いたから、サンドウィッチを買ってくるって」

「康介は？」

「留守番。ラインで『おとうさんは無事でした』って連絡入れたら、『あ、そう』だって。薄情な息子」

「十九歳なんてそんなものだろう」

浩二は鼻で笑い、体を起こした。胸の痛み以外とくに異状はない。死なずに済んでよかった。今はそのことを嚙《か》みしめている。

「あなた、今日にでも家に帰ってよね。一人だと不安だし」洋子が言った。

「帰るの？　九月まで借りてるんだけど」

「だめ。たまたま結花がいたからよかったけど、そうじゃなきゃ、あなた、死んでたかもしれないでしょう。それに怪我人なのよ。打撲と皮下出血」

浩二は返事をしなかった。その前に言うことがあるだろう——。

しばらく無言で見つめ合う。五十を過ぎても、妻は色気があった。今はそれが癪《しゃく》に障る。

「あ、そうだ。結花から聞いた？　就活のこと」

洋子が言った。

「いや、何かあったの？」

「出版社の試験受けたいけど、おとうさん、いやがるんじゃないかって悩んでる」

「別にいやじゃないけど……」

「口を利いてくれって言ってるわけじゃないのよ」

「当たり前だ。大手出版社がおれのコネなんかで入れるか」

「だったらいいじゃない。実力勝負」

「しかし作家の娘とわかれば、向こうも多少は気を遣うだろう」

「じゃあ、諦めろって？　それはかわいそうじゃない。結花、編集の仕事に憧れてるのに」

「おれは知らん。反対も賛成もしない」

「わかった。結花には隠れて受けなさいって言う」

話を変えるなよ——。浩二は心の中でつぶやいた。君はいつもそうやって夫を操ってきた——。

そこへ結花が戻ってきた。

「おとうさん、これ着替え。商店街に足を延ばしてTシャツ買ってきた」

ベッドにぽいと投げてよこす。

「ねえ、ところで、おとうさん。ゆうべの男の子、おとうさんのこと知ってたの？」

「いや、どうして？」浩二は返事を濁した。

「だって、一目散にあの家に駆け込んで助けを求めたってことは、少なくともおとうさんがどこに住んでるか、知ってたってことでしょう」

「ああ、そうだな」

「だったら、おとうさんにも心当たりがあるんじゃないの」

結花がもっともなことを言う。娘は就職してもちゃんとやれそうである。

「いや、ないな。小さな男の子なんて」

浩二は否定した。とくに理由はなく、説明するのが面倒臭かったからだ。

「じゃあ、おとうさんがあの家に出入りするのを何度か目撃したことがあるってことだから、やっぱり近所の子よねえ……」結花が腕組みし、考え込む。「わたし、商店街で不動産屋さんに飛び込んで聞いたの。一色海岸の幹線道路の海側に住んでる家族で、六、七歳の男の子がいる家はありませんかって」

「うん、そしたら？」

「すっごい早口でしゃべる店主のおじさんが出て来て、『あなた、あそこはもう空き家ばっかりで個人で住んでる人はいませんよ。法人の保養施設か、会員制の高級ペンションか、そういうのばっかりで、一色海岸の昔からのお屋敷族はみんな出て行きましたよ。だいたい相続税が払えませんからね。三千坪とかあった大きな屋敷が、分割されて、十区画に分けて売りに出されるわけですから、それは大変なもんです。あなた、十区画ですよ。それでも一億円以上しますからね。でもって、買いに来るのは中国人ばかり。日本はどうなるんでしょうね』――って、つばきを飛ばしてまくしたてるの。わたし、気圧《けお》されて、はいはいって聞いてただけ」

結花が店主の声色《こわいろ》を真似て言うので、浩二はつい笑ってしまった。

「さあ、あなた、診察室に行って。担当の先生から、目が覚めたら来るように言われてたから。血圧を測って、聴診して、異常がなければ退院。わたしと結花は受付で会計を済ませておくから」

洋子に促され、ベッドから降りた。Tシャツに袖を通すと、胸部に痛みが走った。

「痛てて」浩二が思わず身をかがめる。

「あなた、ゆっくりね。怪我人なんだから」洋子が手を添えた。

あの不良どもめ、捜し出して思い切り慰謝料をふんだくってやる——。浩二は心に決めた。……いや、その話は後だ。それより妻との和解なしに、自分は家に帰るのか——?

納得できないまま、浩二は診察室に行った。そして内臓には異常がないとの診断を得て、退院の運びとなった。

病院の前にはワゴン・ハイヤーが停まっていた。

「わたしが呼んだの。少し贅沢だけど、東京まで二時間はかかるし。わたしが払うから心配しないで」と洋子。

誰が心配などするか。浩二は心の中で毒づき、中列シートに乗り込んだ。洋子が隣に座る。自然と肘《ひじ》が触れ合った。

ハイヤーが走り出す。幹線道路に出ると、左手に海が広がり、太陽を浴びてキラキラと輝いていた。

「ねえ、おとうさん。ゆうべの男の子、本当に心当たりないの?」

気になるのか、結花が後部座席から再度聞いた。

「ああ、ないね」

「なんだかキツネにつままれたような気分なのよねえ。その男の子、急にいなくなって。わたし、周囲を見回したんだけど、足跡がないのよ。路地から砂浜を走って来たんだけど、ついているのはわたしの足跡一人分だけ」

「じゃあ幽霊だ」浩二はわざと茶化すように言った。

「おとうさん、信じてないんでしょう。うそじゃないよ」

結花が心外そうに言った。

「砂浜だから、風が吹けばたちまち足跡なんて消えるわよ。それに夜だったんでしょ。暗くてわからなかっただけじゃないの」

洋子がとりなした。

「そうかなあ」

結花は納得がいかない様子である。

浩二はポケットからスマートフォンを取り出し、スイッチを入れた。タケシ君を見たかった。命の恩人に、心の中でお礼を言いたい。川崎が送ってくれたメールの写真を開き、のぞき込むと、そこにタケシ君の姿はなかった。ただ、二階の開いた窓が写っているだけである。

浩二は呆然《ぼうぜん》とした。タケシ君が消えた——。

「どうかしたの?」

洋子が顔を向ける。

「なんでもない」

もう一度目を凝らす。窓には人影もなかった。タケシ君は、天国に帰ったのだろうか——。タケシ君は結花の前に姿を現し、現実とかかわり、霊界のルールを破ってしまった。それを見た神様が、お仕置きとしてタケシ君を天国に戻してしまった——。小説家だから、次々と空想が湧き出る。

「ねえ、あなた」洋子が体を寄せ、浩二の膝に手を置いた。「機嫌直してよね。わたし、反省してるから」

うしろの結花に聞こえないよう、小声で言う。

浩二は返事をしなかった。こんな場所で言うことか——? 洋子は、娘の前では夫婦喧嘩ができないことを計算して、言っているのである。

「今夜、鰻《うなぎ》食べようか。あなたに精をつけてもらいたいし」と洋子。

「賛成。わたしも鰻食べたい」うしろで結花がすかさず手を挙げた。

浩二は黙って海を眺めた。波が絶え間なく打ち寄せ、砂浜を洗っていく。その営みはまるで人生のようだ。単調で、ときに荒れ、また元に戻る。それが来る日も来る日も続く。たぶん、自分は元の鞘《さや》に収まるのだろう。腹を立てつつも、態度を保留し、時間の経過に身を委《ゆだ》ねる。その優柔不断さが、自分の弱さである。わかっている。わかっているが、性格は直らない。

せめてもの抵抗として、浩二はタケシ君のことを自分の胸にしまうことにした。結花には年月が経ったら教えてやってもいいが、洋子には絶対に教えない。思い出の共有を拒否する。浩二が実行する、小さな意地悪だ。

「いいわねえ、湘南って。リタイアしたら夫婦でここに移住しようか」

洋子が景色を眺めながら言った。

「うん、してして。週末、遊びに行くから」と結花。

浩二は目を閉じ、シートに身を沈めた。波の音が、耳の周りで渦巻いている。あははは。タケシ君の笑い声のようにも聞こえた。

ファイトクラブ

1

早期退職の勧告に最後まで抵抗し続けていたら、総務部危機管理課という新設部署に異動させられた。実質的な〝追い出し部屋〟である。

三宅邦彦《みやけくにひこ》は四十六歳の家電メーカーの会社員で、専業主婦の妻と、高校生と中学生の子供がいた。家のローンはまだ二十年残っており、車の月賦《げっぷ》も支払い中であった。こういう状況下において、退職勧告を受け入れる人間がいるとしたら、よほどの自信家か、楽天家だろう。邦彦はそのどちらでもなく、いたって普通の中年であった。プライドを捨ててでも、しがみつくしかない。

妻の晴美《はるみ》は、夫の置かれた立場に大いに同情してくれたが、最初に発した一言が「だめよ。辞めちゃ」だったので、邦彦は密《ひそ》かに落ち込んだ。本心を言えば、三十パーセントくらいは、「辞めてもいいよ。何とかなるよ」という言葉を期待していたのである。もっとも、自分も端《はな》から辞める気はなかったのだから、甘える相手が欲しかっただけのことなのだろうが。

　危機管理課は総務部に属しながら、本社ビルではなく、電車で一時間かかる郊外の工場の、使っていない倉庫の一角にプレハブの小屋としてあった。それだけで気が滅入《めい》る仕打ちだが、会社とはそういうところなので、邦彦は諦めることにした。リストラ推進の人事課長が胃潰瘍《いかいよう》で入院したと聞いて、少しは気が収まり、達観するようにもなった。会社とは、何人かの犠牲者が出ることを織り込んで運営されるのである。国だってそうだ。

　新しい部署、危機管理課とはずいぶん威勢のいい名前だが、仕事は警備員だった。五名いる課員は全員が四十五歳以上で、お揃《そろ》いの（それもかなり安物の）ジャンパーを着させられ、工場内を警備する。もちろん会社は警備会社と契約を交わしており、各所に警備員が配置されているため、補助役に過ぎない。きっと社員を使えば警備費も節約できると会社は考えたのだろう。いいアイデアだが、命じられた側は傷つく。この懲罰人事を組合は傍観するのみだった。御用組合なので、仕方ないと言えば仕方ないのだが、会社とは、自分も含めて羊の群れであると痛感した。

　邦彦は、下の息子が大学を出るまでは耐えようと思った。今中三だから、あと七年。終わりが見えていれば、何だって耐えられる。

この日、邦彦は工場の警備室に詰め、警備員たちと一緒にモニター監視をしていた。と言っても訓練を受けていないので、ただ見ているだけである。本職の警備員たちはやり難《にく》そうで、迷惑がっているのがわかった。

「異状を見つけたら、何でも声をかけてください」と言いつつも、必ず一人が同じモニターを監視している。素人に仕事は任せられないのだから、邦彦は邪魔なのである。

「工場東側、Bエリア。子供たちが鉄柵《てっさく》によじ登って遊んでます」

警備員の一人がモニターを見ながら報告した。

「誰か二名、行ってやめさせて来い。柵の外側一メートルは工場の敷地だから離れるようにって。子供だからやさしくな」

司令補という肩書の年配の上司が指示を出す。たまたま人が出払っていて邦彦も行くことになった。初めての出動である。

もう一人の若い警備員が、部屋を出るなり駆け足で現場に向かう。邦彦も後をついて走った。若い警備員が結構な速さで先を行く。邦彦はたちまち息が上がり、二百メートルも走ったら心臓が悲鳴を上げた。

「大丈夫ですか？」

若い警備員が振り返って声を張り上げる。

「すいません。先に行ってください」

邦彦が息を切らして答える。動悸は一層激しくなり、眩暈《めまい》を覚えた。まだ四十代なのに、これっぽっちの距離が走れないとは。

遅れて現場にたどり着くと、若い警備員はすでに子供たちに注意を与えた後で、子供たちは聞き分けよく、自転車で帰って行くところだった。

「すいません。急に走ったものだから、心臓がびっくりして」

邦彦は再度謝った。軽い貧血状態なのか、まだ足元がふらつく。

「普段運動してないと、誰でもそうですよ」

若い警備員は慰めてくれたが、邦彦は自分の脆弱《ぜいじやく》さがショックだった。運動不足は自覚していたが、まるで老人の体力である。自分は何の役にも立たない。

警備室での当番が終わり、倉庫の隅の危機管理課に戻ると、邦彦は先ほどの一件を同僚の沢井《さわい》に話した。沢井は元営業部で、業務縮小によりポストを奪われた男である。

「ぼくもですよ」沢井が苦笑いして言った。「この前、警備員の朝礼に出て、警棒を使った護身術の型を一緒にやったら、それだけで息も絶え絶えになりました」

「なるほど。そりゃきつそうだ」

邦彦はその光景を想像し、同情した。

「そのとき、司令補に、あなたは見学でいいからって言われて、余計に情けなくなりましたね。考えてみれば、社会人になってから、ゴルフ以外で体を動かしたことなんかないからなあ」

「それはまだまし。こっちはゴルフもしない」

中年男が二人で嘆いていると、岩田《いわた》が話に加わった。岩田はエンジニアだったが、研究部門そのものがなくなり、肩を叩かれた男である。

「おれはさ、今回ほど自分が文弱《ぶんじやく》の徒《と》であると思い知らされたことはないね。昨日なんか、施錠のために工場の外階段を上り下りしただけで、息が上がってしばらく動けなかったんだよね。たかだか五階相当の高さで、膝がガクガクだもんね。情けないったらありゃしない。ははは」

岩田が笑って見せたのは、せめてもの意地だろう。最初、危機管理課に集められたとき、邦彦たちは全員意気消沈し、ろくに口も利かなかった。暗い顔で与えられた業務だけをこなし、定時になると逃げるように帰って行った。愚痴《ぐち》を言うのがいやで、酒を飲みにも行かなかった。

半月ほど過ぎた頃、最年長の岩田が課員を誘い、食事会を開いた。そこで岩田が「会社もひどいと思うが、今は耐えるしかないんだから、前向きに生きよう」と課員を励《はげ》まし、なんとなく気持ちがひとつになった。話してみれば、みんな真面目《まじめ》ないい人間なのである。

残りの二名も当番から戻り、危機管理課の全員が揃った。酒井《さかい》は元資材部で、晩婚だったため、まだ子供二人が小学生である。高橋《たかはし》は元事業部で、認知症の父親を抱えている。みんな、耐えるしかない仲間である。

話の流れで、それぞれが体力の衰えを嘆いていたら、沢井が思い出したように言った。

「そうそう。ここの倉庫、運動具がたくさん放置してあるんだよね」

「何それ?」邦彦が聞く。

「ここの東側の壁にコンテナがいくつか並んでるじゃない。何が入ってるのかなって、この前扉を開けてみたら、筋トレマシンやら、走高跳のポールやら、バレーボールのネットやら、そういうのが埃《ほこり》を被って置いてあった」

「わかった。会社が実業団チームを持ってた頃の備品だ」

それには岩田が答えた。そう言われれば邦彦が入社した頃、会社は陸上部やバレーボール部やヨット部など、いくつもの実業団チームを抱え、オリンピック選手を輩出したこともあった。業績が悪化するにつれ、ひとつずつなくなり、遂《つい》にはすべてが廃部となったのだ。

「ちょっと見てみようか」

岩田が言うので、みなでコンテナまで行った。ハッチのような扉を開き、中をのぞく。確かに運動具が詰まっていた。

「もったいねえな。まだ使えるのに」

「でも処分すれば二束三文でしょう。管理部署もなくなって、放置したままってところじゃないですか」

「おい、鉄アレイがあるぞ」

「こっちには縄跳びがあります」

口々に言って、運動具を手にする。邦彦は、縄跳びを持ってコンテナの外に出て跳んでみた。信じられないことに連続して跳べなかった。五回と続かない。

「三宅さん。動画に撮りましょうか。自分で見てみます？」

沢井にからかわれ、苦笑する。ただその沢井にしても、やってみたら似たようなものであった。おなかの贅肉《ぜいにく》が揺れ、見る者を笑わせる。

順繰りにやると、まともに縄跳びができたのは一人もいなかった。

「だめだなあ、おれたち」と岩田。

「ちょっと、我々も鍛え直してみますか」

酒井が額に大汗をかいて言った。

「そうだね。どうせ時間はあるし」

高橋が賛同した。警備室に詰めるのは一人四時間と決められており、あとは自由なのである。追い出し部屋だから、基本的に仕事はない。

「ねえ。うちの会社ってボクシング部あった?」

別のコンテナを漁っていた沢井が言った。

「いや、知らないけど」

「だってボクシング用のグローブやらサンドバッグが揃ってるよ」

みなでのぞくと、確かにボクシング用品が一揃えあった。ヘッドギアも、マウスピースも、トレーナー用のミットも複数セットある。

「ボクシング部があったとは知らなかったなあ」

岩田が首をかしげて言ったが、あったとしても不思議ではなかった。かつて創業家の一族が役員名簿に名を連ねていた頃は、スポーツ選手や芸術家のパトロンとしても名を馳《は》せていた。フェンシングの日本代表選手が、社員として総務部にいたりしたのだ。

沢井がグローブをはめ、シャドー・ボクシングを始めた。へっぴり腰にみなが笑うが、本人は意に介さず、ボクサーになりきって体を揺すっている。

「ジャブ、ジャブ。右ストレート!」

「あしたのジョーのつもり？」

「いや。力石徹《りきいしとおる》かな」

いい歳の大人たちがボクシングごっこで遊んでいる。

「どうせなら、サンドバッグを叩こうよ」

邦彦が埃を被ったサンドバッグを引っ張り出し、適当な高さの鉄骨の梁《はり》に吊《つ》るした。倉庫だから、スペースはいくらでもある。各自グローブをはめ、順にサンドバッグを叩いた。

「何か、気分出るね」

「おれ、日課にしようかな。どうせ暇だし」

久しぶりに会話が弾んだ。長く眠っていたサンドバッグも、うれしそうに跳《は》ねている。

2

翌日、本社から人事部の石原《いしはら》という課長代理が部下を二名連れて、危機管理課にやって来た。胃潰瘍で入院した課長の後任である。石原はぎこちない表情で挨拶をした後、プレハブの事務スペースをぐるりと見回し、「ここに応接セットはいりませんね」と言った。

邦彦たちは返答に詰まり、黙っていた。応接セットと言っても、かなり傷《いた》んだ年代物で、粗大ごみにしかならない代物《しろもの》である。ただ、横になれるので邦彦たちは重宝《ちょうほう》していた。

「それから、パソコンは課全体で一台とします。会社から支給されたみなさんのノートパソコンは、三日以内に初期化して庶務課に返却願います」

「じゃあ、私物のパソコンならいいわけ？」

岩田が聞いた。

「だめです。社の規則で、個人のパソコンは持ち込めないことになってます」

「でも、それは機密保持のためであって、我々は関係ないと思うんだけど……」

「いいえ。例外は認めません」

石原が顔を強張《こわば》らせて言った。気まずい空気が流れる中、若い部下二名が応接セットを外へと運び出す。それを見届けながら、「では失礼」と石原も事務所を後にした。

「あの男、こんなことをしに、わざわざ本社から来たのか」岩田が顔をしかめて言った。

「上からの指示でしょう。リストラ推進は役員マターだから、現場は誰も逆らえないんですよ」邦彦が肩をすくめて答える。

「あら？　三宅さん、理解あるね」

「そうじゃないけど、我々はましな方ですよ。本社の資料室に集められた人たちなんて、窓のない地下室に二十人ほど詰め込まれて、昔の文書をワープロで打ち直すだけの仕事を毎日八時間やらされてるそうですから」

実際、噂《うわさ》に聞くだけでも追い出し部屋はあちこちにあり、非人間的な扱いを受けているようだった。そしてほかの社員たちは見ないふりをしている。大企業のダークサイドである。

「まあ、いいや。おれたちは本社から離れてるぶん、気楽なもんだ」と岩田。

「そうそう。物は考えよう」沢井が寂しく笑って言った。

応接セットがなくなり空いたスペースは、なんだか仲間が一人去ったようで、やけにうら寂しかった。

午後五時、工場の終業サイレンが鳴ると、邦彦はコンテナからダンベルを出して来て筋トレを始めた。昨日、運動具を使っていろいろ体を動かしたら、思いのほか気持ちがよかったので、続けることにしたのだ。どうせ定時で帰ってもすることがない。

ワイシャツを脱いで筋トレに励んでいたら、沢井がやって来て「あ、三宅さんだけずるいね」と笑って言い、自分は隣でサンドバッグを吊るしてボクシングを始めた。見ていると、そっちの方が楽しそうである。

「おれもそっちがいいな」

邦彦もグローブをはめ、交代でサンドバッグを叩いた。

「何よ。自分たちだけ。おれも入れてよ」

岩田が現れ、寄り道して遊んでいる仲間に出くわした中学生のように言う。ほかの二人もやって来て、また昨日同様、トレーニングの時間となった。

「なんか、放課後の部活みたいでいいね」と邦彦。

「三宅さんはスポーツ、何かやってたの?」沢井が聞いた。

「中学はバスケット部、高校は帰宅部。要するに、続かなかったってこと」

「ぼくも似たようなもの。ちゃんとやったことはないな」

そんなおしゃべりをしながら、ボクシングの真似ごとをしていたら、コンテナの陰から人が現れた。邦彦たちはぎょっとして動きを止める。

工場の制服を着た年配の男だった。まずいところを見られたか——。いや、まずくはないが、いい大人が何をしているのかと怪しまれる。

「あ、いや、そこのコンテナにあったから……」

邦彦は聞かれもしないのに言い訳をした。すると男は、それには反応せず、「基本がなっとらんな」と渋い表情で言った。

「はあ?」

「まず構え。左足を一歩前に出す。そして膝を軽く曲げる。ほれ、やってみ」

何だこのオッサンは、と思いつつ、言われた通りにやってみる。

「足幅が広い。それじゃあ素早く動けない。基本は肩幅」

「こうですか？」

「そうそう。それで前後に動いてみ。ステップ！」

男がコーチのように指示を出すので、戸惑いながらも従った。

「だめだな。体が硬い。おたくら、だいぶなまってるな」

「そりゃまあ、久しぶりの運動だから……」

邦彦が苦笑する。こんなところで知らないオッサンに叱られるとは――。横で見ていた岩田が、「あなた、工場の方ですか？」と聞いた。

「ああ。嘱託《しょくたく》だがな」

男が答える。どうやら定年退職後、嘱託として会社に残った人のようだ。

「OBの方でしたか。失礼しました。我々は本社総務部所属の人間で、怪しい者ではありませんから」

「それはいいから、もう一度。全員でやってみ。ステップ！」

邦彦たちは顔を見合わせ、指示に従った。妙な成り行きだが、とくに不愉快というわけでもない。

「左足はベタでもいいが、右足の踵《かかと》は浮かせること。それと体重配分。前に六割、うしろに四割。ほれ、やってみ」

男は邦彦たちの戸惑いなどお構いなく指示を出した。平均年齢四十八歳くらいのおじさんたちが、グローブを構え、前後にステップする。

「もっと速く！　前！　うしろ！」

たちまち玉の汗が噴き出た。一分続けただけで、心臓が早鐘《はやがね》を打っている。

「よし。じゃあ一分休憩」

男が腕時計を見て言った。邦彦たちがその場にへたり込む。

「座るな。立て。立ったままでゆっくり体を動かし、動悸を鎮《しず》めろ」

男に語気強く言われ、慌てて立ち上がった。男の命令に素直に従ったのは、完全に相手のペースに巻き込まれていたからである。それにこの人は専門家のようだ。

「あなたは、ボクシング経験があるんですか？」

沢井が息を切らして聞いた。きれいに刈り込んだ白髪交じりの角刈り頭、浅黒い顔と引き締まった体は、いかにもスポーツ関係者を思わせる。

「まあ、少しね」男が答える。

「うちの会社、昔はボクシング部があったんですか？」

続けて岩田が聞いた。

「ああ、あったよ。八〇年代の後半にな。あんたらの入社するずっと前のことだ」

「そうでしたか。で、あなたも関係者だったと」

「そんなことはどうでもいい。あんたら、ボクシングをやるなら、恰好だけは何とかしてくれ。ジャージの上下でいいから」

「はあ、わかりました」

なんとなく言いなりになる快感があって、邦彦たちは部活の先生に対する中学生のように振る舞った。突然の闖入者《ちんにゅうしゃ》との予期せぬ展開が妙に楽しい。

「さあ、一分経った。休憩終わり。グローブを構えて。ステップの続きだ」

男が手を叩いて鳴らした。

「前！　うしろ！　右！　左！　もっと速く！」

邦彦たちが懸命に体を動かす。また一分と経たずに息が切れた。しかし気持ちは昂《たかぶ》り、こんなに息が切れるのはいつ以来かと邦彦は感慨に耽《ふけ》った。きっと子供の幼稚園の運動会で、全力で親子リレーを走って以来だ。

結局、一時間近くトレーニングをし、五人の中年男たちは立っていられないほど体力を使い切った。「はあ、はあ、はあ」各自の荒い息が倉庫に響いている。

「あんたら、きつかったか」男が白い歯を見せて言った。

「きついどころか、死にそうです」邦彦が答えた。

「すぐになれるさ。じゃあ、明日な」

そう言って男が踵《きびす》を返し、コンテナの裏側に消えていく。明日も来るの？　と思ったが、各自異存はなく、むしろ浮いた気持ちがあった。

「しかし、あの人誰よ」と沢井。

「さあ、見たことない人だったけど」と邦彦。

「大きな会社には、いろんな人がいるってことよ」

岩田が荒い息を吐きながら言い、みながうなずいた。

この後、全員でサウナに行き、汗を流した後、焼き肉を食べることにした。相当なカロリーを消費したはずだから、どれだけ飲み食いしても罪悪感はない。それに何やら高揚感があり、おしゃべりもしたかったのだ。

午後十一時過ぎ、邦彦が帰宅すると、妻の晴美が起きて待っていた。こういうときは、何か相談ごとがあるときである。

「有希《ゆき》の受験のことなんだけど……」と、少し憂いを含んだ顔で言う。娘の有希は高校二年生で、そろそろ志望を決める時期にいた。

「有希は美大を受けたいんだって」

「あ、そう。いいんじゃないの」

邦彦は軽く返事をした。息子が芸術家志望だと心配だが、娘ならとくに文句はない。思えば、娘は子供の頃から絵が得意だった。

「でも、私立の美大ってお金がかかるのよ。入学金も授業料も平均の一・五倍」

「えっ、そうなの？」

邦彦はつい顔をしかめてしまった。この先、残業代がなくなるため、年収は百万円以上下がる。家計は苦しい。

「受かったらアルバイトしてね、とは言っておいたけど……」

「いいよ。そんな。子供にお金の話なんか」

邦彦は慌てて取り繕《つくろ》った。家長としての意地である。晴美はしばらく黙り込むと、「すいません」と他人行儀に言った。

晴美は、危機管理課への異動以降、邦彦に会社のことを聞いてこない。聞くのが怖いのか、夫に気を遣っているのか、たぶんその両方と思われた。邦彦だって聞かれたくない。

今は強がって見せるしかない。

ふうとため息をついたら、晴美と目が合った。何か言いそうな気配を感じたので、邦彦はそそくさと寝室に向かった。

3

ボクシングのオッサンは翌日も、午後五時のサイレンが鳴った直後に姿を現した。前回同様、コンテナの陰からぬうっと出て来たので、邦彦たちはぎょっとした。そこで待機でもしていたかのようである。改めて見ると、男は昔の映画俳優のような味のある顔をしていた。どこか懐かしいのは、全体に昭和の匂いが漂っているからだろう。

この日は最初に、邦彦たちから自己紹介したが、男はうなずくだけで名乗ろうとしない。そこで邦彦たちは、彼をコーチと呼ぶことにした。

沢井が「コーチ。よろしくお願いします」と、顔色を窺《うかが》いながら頭を下げたら、男は満更《まんざら》でもない様子で苦笑したので了解事項となった。だいいち、首からストップウォッチと笛を下げているのである。本人もその気ということだ。

邦彦たちは全員ジャージの上下で、スポーツ・シューズも新調した。それだけでなんとなく気合が入った。

「今日は素手のまま、左ジャブからやってみようか」

コーチがそう言って、自ら手本を示す。還暦を過ぎた男が、目にも止まらぬ速さでジャブを繰り出し、邦彦たちは思わず「ほう」と感嘆の声を上げた。

「ストレートを小刻みに打ち出すのがジャブだ。相手を近づけさせないように牽制《けんせい》したり、相手との距離を測ったりするボクシングの基本。これができんと話にならん」

「わかりました」

それぞれがうなずき、ジャブをやってみる。

「もっと速く！　引くときも同じ速さで！」

「右腕を下げるな！　右はガードだぞ！」

コーチはひとつひとつに指示を出した。それが実にわかりやすく、素人にも理解できた。恐らく本当にコーチの経験があるのだろう。

左ジャブを三十分ほど練習した後は、右ストレートに移った。コーチが手本を示し、それを真似る。

「ジャブとちがって、今度は腰を捻《ひね》ること。パンチを打つと同時に、体も回転させる。それで威力が増す」

言われた通りにやると、確かに繰り出すパンチは速くなり、上達を実感できた。これまでスポーツで専門家の指導を受けたことがないので、すべてが新鮮である。

「よし。じゃあ、スパーリングをやってみるか」

コーチが事もなげに言った。「えっ」邦彦たちは絶句し、その場で固まった。スパーリングとは、つまり二人で打ち合うことである。

「何だ、いやか」

「いやってわけではないけど、ぼくら素人だし……」

邦彦が答えた。ただのエクササイズのつもりでいたので、全員が困惑している。

「シャドー・ボクシングだけじゃつまらないだろう。せっかく覚えたものは、使ってみてこそ価値がある」

「でも人を殴るのは……。しかも同僚だし……」

「いっぺんやってみ。大丈夫だ。ヘッドギアを着ければ頭は守られるし、グローブは練習用の十オンスだ。あんたらがいくら全力で打ち合っても、痣《あざ》ひとつできんよ」

「はあ……」

邦彦がほかのメンバーを見回すと、とくに拒否する空気はなく、どちらでもという表情だった。

「じゃあ、お願いします」

好奇心もあって、やってみることにした。

邦彦は、まずバンデージを巻き、十オンスのグローブをはめて驚いた。何と重いことか。これでは数回ジャブを繰り出しただけで、腕が疲れてしまう。そしてヘッドギアを被り、マウスピースを口に含んで事務室のガラスに映る自分の姿を見たら、テンションが上がった。思えば子供の頃、男子なら誰でもボクシングの真似ごとをした経験がある。

「じゃあ、あんたとあんた」コーチが邦彦と沢井を指名した。「三分一ラウンドで、思うままに打ち合ってみ」

「あのう。何ラウンド戦うんですか？」

邦彦が聞くと、コーチは鼻で笑い「まずは一ラウンド戦ってみ」と言った。

「三宅さん、お手柔らかにね」

「こちらこそ」

互いに挨拶を交わす。ゴングの代わりに、コーチの吹くホイッスルで、スパーリングが始まった。これまで習ったように、前後左右にステップを踏んで、左ジャブを繰り出す。コーチの笑いがすぐ理解できた。たちまち息が切れ、三分もつか心配になってきたのである。

おまけに左ジャブはまるで当たらなかった。互いに右のグローブでガードしているので当然である。おまけにすぐ体が密着し、相撲《すもう》の押し合いになってしまう。

「ブレイク！　アウトで打ち合え！　決闘だと思え！」

コーチが乱暴なことを言った矢先、邦彦の繰り出した右ストレートが、ちょうどガードの下がった沢井の顔面にヒットした。沢井がよろける。

「そうだ！　いいパンチだ！」

コーチに褒《ほ》められ、気持ちが昂る。生まれて初めて、人を殴った――。

打たれた沢井は真顔になった。間合いを詰めて、ジャブを出してくる。さっきまでより明らかに力が入っていて、ガードしていても顎《あご》に衝撃を受けた。そして次の瞬間、腹部に衝撃が走った。ボディへのパンチを食らったのである。

「ナイス！　いいボディブローだ！」

コーチの声がいっそう大きくなる。一方、邦彦は我を失った。人を殴ったのも初めてなら、殴られたのも初めてなのである。憤然としてボディを打ち返した。しかし後方へのステップでかわされる。そしてパンチが空を切り、バランスを崩したところに、今度は右ストレートを顔面に食らった。視界に銀粉が舞う。沢井さん、あんた、そんな本気にならなくても――。

「ピーッ！」

そんな泣き言を心の中でつぶやいたところで、ホイッスルが鳴る。

「はい。一ラウンド終了」

コーチの声を聞くなり、邦彦はその場に崩れ落ちた。たった三分動き回っただけだが、体力は限界だった。沢井もしゃがみ込み、肩で息をしていた。

「三宅さん。ごめん、ごめん」

苦しげな表情で邦彦に謝っている。

「いや、いいです。ぼくの負けです」

邦彦は素直に負けを認めた。それに、負けたことよりも、本気で殴り合った高揚感の方が大きい。

「沢井さんはいいファイトだったな。三宅さんは一発打たれて慌てた。そういうときは一歩下がってガードを固める。相手に手を出させて、疲れさせるのも作戦だ。ボクシングは相手を倒す気で臨《のぞ》むが、一方で冷静さが大切だ。基本はヒット・アンド・アウェイ。三分間の中で何をするかを考える」

コーチが講評した。なるほど、何事もプランを忘れ、むきになった方が負けるということか。

「じゃあ、次はあんたとあんた」

　続いて酒井と高橋が指名され、グローブを交えた。邦彦たちのスパーリングを見ていたからか、最初から真剣な表情である。そして形になっていた。パンチを当てられたからと言って、むきになることもなくガードも忘れない。やはり前例があると人は学ぶのだ。

　三分がたちまち過ぎ、二人とも床に尻もちをついた。

「こんなにきついとは思わなかった」

「まったく。心臓が口から飛び出そう」

　汗びっしょりの顔で、愉快そうに話している。

　最後の一人、岩田はコーチが相手をした。還暦過ぎのオッサンのくせに、メンバーの誰よりもフットワークは軽快で、上体を前後左右に揺らし、岩田のパンチを悠々とかわした。

　岩田はたちまち息が上がり、足元はフラフラである。

「ほら、一発当ててみろ!」

　コーチが顎を突き出す。岩田が右ストレートを当てる。

「ナイスパンチ!」

　コーチがわざと打たせて褒めた。ただその後、コーチは顔面とボディに次々とパンチを繰り出した。

「ほら、ガードせんか！　ここも、ここも、がら空きだぞ！」

岩田はよろけながらガードした。これが見ていて勉強になる。邦彦たちは久しぶりに学ぶ快感を味わっていた。

練習が終わると、外の自販機でスポーツドリンクを買い、倉庫で車座になって飲んだ。コーチの分も買ったのに、彼はいつの間にか消えている。

「何よ、黙って帰ることないのに」と沢井。

「変わった人だよね。行きずりのおれらに、ボクシングを教えてるんだから」

邦彦が苦笑して言った。みんな、コーチを好きになり始めている。

「でもさあ、おれ、グーで人を殴ったの、これが初めてかもしれない」

岩田が感慨深そうに言い、メンバーは口々に「ぼくも」「おれも」と言葉を重ねた。

「少なくとも、子供時代の喧嘩《けんか》を除けば、人を殴ったことも殴られたこともないかな」

「普通、そうでしょう。ツッパリ少年時代があればまだしも、ぼくはそういうのがなくて、どちらかと言えば真面目な生徒だったから」

「おれもそうかな。臆病だから、とにかく腕力沙汰は避けてた。いくら頭にくることがあっても、手を出す選択肢なんかなかった」

「そうそう。で、そういう人間が会社員になるわけだから、うちの会社なんか、九割以上の人間が殴り合いの経験ゼロだと思う」

「でもさあ、殴り合いって、どこか人間の根源に触れるものがあるね」

沢井が妙に哲学的なことを言い、全員がうなずいた。

「確かに。理性の反対が暴力だから、我々がずっと抑えてきたものなんだよな」

岩田もなるほどという意見を述べた。

「何か、スイッチ入った感じ」

「ぼくも」「おれも」

顔を見合わせ、苦笑する。邦彦たちは毎日やることに決めていた。もはや放課後の部活動である。

明日が待ち遠しいなんて、ずいぶん久しぶりのことだと、邦彦は感慨に耽った。人には日課が必要なのである。

4

数日後、本社人事部の石原が、また部下を引き連れてやって来た。落ち着きなく目を瞬《しばた》かせ、「みなさん、お変わりないですか」と慇懃《いんぎん》に言う。

「今日は業務変更があって伝えに来ました。これまでは警備会社の補佐として、昼間の警備を担当していただいてきましたが、来週からは夜間警備もお願いすることになりました」

邦彦たちは黙って聞いていた。どうせ拒否権はないし、組合も助けてはくれない。受け入れるしかないのである。

「ここにいる五人でローテーションを組んで、一人週二回以上の宿直をしていただきます。仮眠室と浴場は工場の施設を使っていただいて結構です。尚、夜勤手当は付きません。何かご質問は？」

気まずい沈黙が流れる中、岩田が「ちゃんとやるかどうか、見張ってなくていいの？」と聞いた。

「みなさんを信じます」石原が顔を引きつらせて答えた。「警備順路については警備室の指示に従ってください。それとあらかじめお伝えしておくと、夜勤に伴う疾病《しっぺい》については労災申請を認めません。簡単に言えば、不眠症になったどうしてくれると言われても、会社は聞き入れませんので、各自、健康に留意してください」

石原はそれだけ言うと、部下を従え、そそくさと帰って行った。部下を連れて来たのは、一人で来る度胸がないからだろう。

「この歳で夜勤はきついな」岩田がぽつりと言う。

「仕方ない。諦めましょう」邦彦が返答した。

「しかし、こういういやがらせを考える奴って、どういう性格してるんだろうね」

沢井が椅子に深くもたれて言った。

「性格じゃないよ。みんな自分の身を守るためなんだよ。拒否すれば、今度は自分に矛先《ほこさき》が向く」

「会社がこんなに冷たいとは思わなかった」

「言うな、言うな。船は沈んだら元も子もない。ときには乗組員も海に突き落とすってことだ」

全員でため息をつく。こんな日常にいつまで耐えられるのか、邦彦はたまらなく憂鬱《ゆううつ》になった。

警備室には邦彦が代表して聞きに行った。いつもの司令補は、事務的な口調で「無理はしないでいいです」と言った。

「基本的に我々の仕事なので、あなた方は補佐役と考えてください。無線機は持ってないだろうから、必ず二人一組で動くこと。何か起きたら、一人が現場に留《とど》まり、一人が警備室に走る。それを守ってください。警備ルートと時間割は追って書面で渡します」

司令補の目には、同情の色合いがあった。邦彦たちに対する会社の仕打ちがわかっているのである。

「それと最近、市内の各種工場で銅線の窃盗《せっとう》被害が多発しています。ここの工場にも銅線があるので、警戒してください。外国人の窃盗団らしいのですが、荒っぽい手口で、見つかったら攻撃も厭《いと》わない連中ですから。危険を察知したら逃げてください」

「わかりました」

どうやら夜間は日中の警備より危険度が増すようだ。泥棒は夜活動するので、当然と言えば当然なのだが。

警備室を出たところで、本社勤務の同期に出くわした。藤田《ふじた》という男で、商品開発部で忙しく働いている中間管理職だ。

「おう、三宅」

名前を呼び、顔をほころばせる。しかし、邦彦が着ている安っぽいジャンパーを見て、すぐに表情を曇らせた。

「元気そうだな。工場勤務だってことは聞いてたけど」

「勤務地が工場ってだけのことだ。見ての通り警備員の仕事だ」

邦彦はつとめて明るく言った。事情はとっくに知っているはずだ。

「そうか。元気ならいい」

藤田がぎこちなく笑う。どういう態度を取っていいのか困っている様子だった。

「相変わらず忙しいか」邦彦が聞いた。

「ああ。この歳になってニューヨーク支社へ行かないかって話もあってな。そうなりゃあ単身赴任だし、悩みどころだ」

「贅沢な悩みじゃないか。出世コースだろう」

邦彦が言うと、藤田は少し間を置いてから口を開いた。

「会社もひでえよな。希望退職を募《つの》るなんて言っておいて、事実上は指名解雇だ」

「しょうがない。日本式の終身雇用はとうに崩れたってことだ」

「お前、どうして辞めないんだ。人事に辞表を叩きつけてやれよ」

藤田が少し怒った表情で言った。

「十年前ならそうしたかもしれないが、おれも四十六だ。正規採用での転職は難しいんじゃないかと思ってな」

邦彦が正直に答えると、藤田はひとつ息をつき、「よく耐えられるな」と顔を赤くして言った。

「おれなら辞表を叩きつけて、さっさと辞めるね。でもって、もっといい仕事を見つけるなり、起業するなりして会社を見返すよ。それが男の意地だろう」

「簡単に言うな。考えた末の結論だ」

「お前、今の仕事をこの先も続けられるのか」

「お前が怒るなよ。おれのことだろう」

予期せず言い合いのような形になり、気まずい空気が流れた。ただ、藤田に対する悪感情はなかった。この同期は、会社に対しても怒っているのだ。

「なんか、おれとしては、三宅にもっと意地を見せて欲しかったな」

藤田が非難するような目で言い、踵を返す。勝手なことを言うなよ——。そう口にしかけたが、すでに藤田は背中を向けていて、声にはならなかった。

えも言われぬ感情が体を駆け巡り、邦彦はその場に立ち尽くした。これまで気持ちを抑えていた分、揺れは大きかった。最も避けていた自己憐憫《れんびん》の思いが、津波のように押し寄せてきたのだ。

その日の終業後のボクシング練習は、グローブを軽くしてスパーリングをすることになった。

「ちょっと痛いかもしれんが、その方が真剣になる。まあ、あんたらのパンチで怪我をすることはないから、思い切り打ち合ってみ」

コーチが微笑《ほほえ》んで言う。実際、八オンスのグローブをはめたら、腕が自然に上がる感覚があり、邦彦はびっくりした。それはそうだ、十オンスのときより二割軽くなったのだ。グローブが軽くなったらフットワークも軽くなった。なるほど、これまで重いグローブで練習してきたのは、こういう効果を狙ってのことなのか。

いつものように沢井とグローブを交える。左ジャブを普段より速く繰り出し、腰を入れて右ストレートを打つと、沢井の顔面にまともに当たった。沢井がうしろによろけ、そのまま尻もちをつく。パンチを打った邦彦も驚いた。

「いいパンチだ！　重心がちゃんと移動していた。今の感触を忘れるな！」

コーチが褒《ほ》め、邦彦は気分が一気に高揚した。

沢井が立ち上がる。顔色が変わっていた。沢井の目には、これまで見せたことのない攻撃の意志がこもっている。

来るな、と思ったら、本当に突進してきた。体をぶつけ、邦彦がバランスを崩したところに、ボディブローがヒットした。苦しくて、今度は邦彦がうずくまった。

「いいファイトだ！　その調子。親の仇《かたき》だと思って打ち合え！」

コーチの言葉が降りかかる。沢井はどうだという顔をしていた。

その先は、完全な真剣勝負となった。互いに一切遠慮せず、相手を床に倒すつもりでパンチを打ち合った。沢井の鼻は真っ赤だ。たぶん自分もそうだろう。

ホイッスルが鳴る。一ラウンド終了。二人ともその場にへたり込んだ。

「まだできるか？」とコーチ。「できます」と沢井がすかさず言った。邦彦も「もちろん」と息を切らしながら告げる。

「よし。じゃあ一分休憩。今度はペース配分を考えろ。闇雲に三分間打ち合ったらプロでもばてるぞ」

コーチは弟子たちの真剣さがうれしそうだった。

第二ラウンドが始まる。今度はフットワークを意識した。左右に動き、相手が向きを変える瞬間、前に出て打つ。素人考えだが案外うまく行った。ただ、しばらくするとまた足が止まり、喧嘩のような打ち合いになる。

そうして二ラウンド戦うと、今度こそ立てなくなり、邦彦は床に大の字になった。沢井も精根尽き果てたという様子である。

「どうだ。やってみた感想は」コーチが聞いた。

「はあ、はあ、はあ」

邦彦も沢井も、荒い息を吐くばかりで言葉が出てこない。

「二人ともいいファイトだったな。あんたら、これで一皮むけたな」

コーチの言葉を邦彦は納得して聞いていた。確かに、殴り合うことはもう怖くない。一週間前は考えられなかった変化である。

ボクシングはスポーツかもしれないが、ほかの競技と決定的にちがうのは、血を見ることだろう。ボクシングの持つ暴力性は誰も否定できない。

見ていて刺激を受けたのか、次にスパーリングをした酒井と高橋も、最初から全力で打ち合った。酒井は顔面にもろにパンチを食らい、鼻血を出したが、怯《ひる》むことなく向かって行った。高橋はインターネットで予習でもしたのか、スウェーバックやクリンチといった技を繰り出し、周囲を感心させた。この二人も二ラウンドをこなし、全身汗みどろになっていた。

最後の岩田は、邦彦が志願して相手になった。今日覚えたことを、忘れないうちに試したかったのだ。最年長の岩田だが遠慮はしなかった。贅肉のたっぷりついたボディにパンチをぶち込み、しばし悶絶《もんぜつ》させたが、申し訳ないという気持ちはなかった。それよりも真剣に殴り合うことこそが礼儀であり、友情の証《あかし》であるように思えて来た。

もはや邦彦たちのボクシングに和気藹々《わきあいあい》とした空気はない。ただし殺伐《さつばつ》ともしておらず、互いにリスペクトする気持ちがあった。最もふさわしい言葉は解放感だろう。なんだかハイな気分なのだ。

「あんたらたいしたもんだ」

コーチが相好《そうごう》を崩し、メンバーを褒め称《たた》えた。

「男は一回殴り合いを経験すると、怖いものが半減する。何事も経験よ」

まったくその通りだと邦彦は得心した。争いごとを好まず、臆病だった自分が、今は毎日殴り合いをして充実感を得ているのだ。

練習後、用具を片付け、事務室に戻って着替えた。メンバー同士、もう少し語り合いたい気分があり、岩田の提案でコーチを誘って飲みに行くことにした。少しくらいはお礼をしたい。

ところが事務室を出ると、コーチは消えていた。

「あれ、さっきまで窓の外に立ってたのに」と岩田。

「そうそう。確かにそこにいた」沢井が顎でしゃくる。

「あの人、いつもすうっと消えるね。だいたい現れるときも、コンテナの陰からぬうっと出てくるし。ここの倉庫、六カ所くらい出入り口があるけど、コンテナの裏側は扉なんかないはずだけどね」

邦彦が首をかしげて言った。

「変な人。名も名乗らないし」

「嘱託とは言え、工場勤務なら役員以外は全員名札を着けるのが決まりなんじゃないの」

「実は役員だったとか」

「あはは」

話が冗談に移ったところで帰り支度をする。不思議な人だが、アフターファイブが楽しくなったのだから、コーチには感謝の気持ちしかない。

5

グローブを軽くしてからというもの、邦彦たちのボクシング練習はますます白熱の度合いを増した。何しろ殴られると痛いのである。鼻血も出るし痣もできる。

一度、鼻を真っ赤に腫らして家に帰ったら、妻の晴美に「どうしたの」と驚かれ、うまいうそが思い付かなかったので、「終業後に会社の倉庫で同僚とボクシングの練習をやっている」と正直に打ち明けたら、しばし返答に窮していた。そして、「やっぱり辛い?」

と顔色を見て言う。

「いいや。どうってことないよ」邦彦は即答した。

もちろん虚勢だが、以前に比べればその割合は減っている。少なくとも、仕事らしい仕事がなく、寄り道する先もなく、空虚な気持ちで家路についていた頃とは雲泥《うんでい》の差だった。だから明るくいられる。

「どこかいい転職先があればいいんだけど」晴美がそう言ってため息をつく。

「気にしなくていい。おれは平気だ」

邦彦は自分に言い聞かせるように言った。耐えると決めたのだ。


この日は、通行規制用のバリケードが倉庫にあったので、それを引っ張り出して来て四角いスペースを作り、リングに見立てて試合形式のスパーリングを行った。四方を囲まれるというのは、思いのほか恐怖で、実際の試合でロープに追いつめられるとはこういうことかと、メンバー全員身をもって知らされた。

ただ退路を断たれると、人間は覚悟を決める。スパーリングはいつにも増して激しい打ち合いとなり、もはやエクササイズでもサークル活動でもない、戦いの場と化した。一試合一ラウンドで、五人の総当たり戦。レフェリー役のコーチが採点も行い、その場で勝敗を告げる。そうなると余計に闘志が湧き、邦彦は全勝する気でいた。

まずは岩田との一戦が始まる。この太っちょの五十男にはまるで負ける気がしなかった。間合いを詰め、ワンツーパンチでガードを上げさせ、ボディに渾身《こんしん》の一発を見舞う。作戦は見事に当たり、岩田はダウンして立ち上がれなかった。わずか三十秒、人生初のＫＯ勝ちである。

「すげー」

沢井たちが中学生みたいに興奮し、顔を上気させていた。一方負けた岩田は、歯を食いしばり、「次は負けねえぞ」と語気強く言った。

笑ってごまかさないところに、邦彦は敬意を抱いた。全身で悔しがる様は、自分たちがとっくに忘れていた若き日の姿だ。

一試合見学し、次は酒井と戦った。背が高い酒井はリーチも長い。間合いを取ったつもりでもジャブがヒットし、その都度押されて下がった。そして背中がバリケードに当たり、下がれなくなったところで、右ストレートが飛んできて、顔面にまともに当たった。今度は邦彦がダウンする番だった。

「ワン、ツー、スリー……」

コーチがカウントする中、何とか立ち上がり、グローブを構える。そこに今度はボディブローを打ち込まれ、邦彦はマウスピースを吐き出した。

たまらずギブアップする。酒井は右腕を突き上げ、勝利のポーズをとった。

「くっそー」

邦彦は床を叩いて悔しがった。ただ、負けても戦意は喪失しなかった。それどころか次のリベンジを誓っている。

そうやって各自二試合ずつをこなすと、また新たに一皮むけた感じがして、メンバーたちは不思議な充足感に浸った。

「おれら、相当変なことしてるよな」

床にしゃがみこんで岩田が言った。

「本社の連中が見たら、こいつらおかしくなったかと思うでしょうね」

邦彦が苦笑して答える。

「でもさ、この気持ちよさって何だろうね。殴られると痛いんだけど、何パーセントか快感もあるじゃない。もしかして、自分の中でマゾヒズムが芽生えたのかって思ったりもするんだけど」

沢井が晴れ晴れとした表情で言った。

「いや、マゾじゃなくバーバリズムへの回帰だとおれは思うね。人間には野蛮人のＤＮＡ

が残ってるんだよ」と高橋。

「おお。インテリだねえ。おれなんか、不良になれなかった少年時代を、今になって取り返してる気分なんだけど」と酒井。

それぞれが自己分析し、語り合った。話すことが増えただけでもボクシングの功績は大きい。そして気づくと、コーチの姿はなかった。さっきまで、笑顔でメンバーの話を聞いていたはずなのに。

コーチについては、何となく触れたくない感情がそれぞれにあって、誰も何も言わなかった。謎の人物なら、謎のままでいい。邦彦たちの願いは、ずっと一緒に遊んで欲しいということなのだ。


週が変わり、邦彦たちの夜勤が始まった。午前零時まで工場の仮眠室で仮眠を取り、それから午前八時まで、本職の警備員たちと交代で工場内をパトロールする。最初は邦彦と沢井が担当した。警棒も何もないから、手にするのは懐中電灯だけである。

「真冬になったら防寒着の支給はあるのかなあ」

ところどころ外灯が照らす、人気《ひとけ》のない工場内を歩きながら、邦彦が言った。

「どうだろう。自分たちで買えって言われそうだけど」沢井が答える。

「沢井さん、夜勤が始まること、奥さんには何て言ったの？」

「ただの宿直だって言ってる。工場だから、みんな持ち回りでやるって……。三宅さんは？」

「うちも一緒。夜間警備だなんて言ったら、気にしそうだから」

邦彦はつとめて明るく言った。耐えると決めたのだから、家族に愚痴は言いたくない。

「しかし、大企業に入ってこんなことになろうとは、二十五年前は考えもしなかったね」

「まったく。最近、自己責任論が流行《はや》ってるけど、途中からそれを言われてもね」

「そう、そう。経営陣が変わるとルールも変わるって、そりゃないよね」

二人でため息をつく。邦彦たちは立志伝中の創業者に憧れて入社した世代だった。進取の気性に富み、何でもチャレンジする企業風土で世界的ブランドに成長した企業である。しかし時代が変わり、創業者一族が経営から手を引くと、銀行が入り、ドラスティックなコストカットが始まり、会社は様変わりした。追い出し部屋など創業者が生きていたら絶対に許さなかっただろう。

そんな話をしながら、フェンスに沿って歩いていると、工場の一番奥の金網の外側にトラックの黒い影があった。

「何であんなところにトラックが停まってるの？」と邦彦。

「さあ、ただの路上駐車なんじゃない。どうせ交通量のない道だし」沢井が答える。

懐中電灯を当てたら、運転席に人影があり、慌てて頭を下げた。何だろうと思って二人で近づく。懐中電灯を上下左右に動かすと、フェンスの金網が一部欠損していた。何者かに破られたのだ。

邦彦は司令補が言っていたことを思い出した。最近、外国人の窃盗団が付近の工場を荒らして銅線を盗んでいると——。

そのとき黒い影が動く、はっとして振り向くと、男が二人、銅線を巻いたロールを押して、倉庫から出てくるところだった。

「おいっ。何をしている！」

邦彦は反射的に声を上げ、懐中電灯を向けた。全身黒ずくめで目出し帽を被った男二人が、倉庫の壁を背に、映画のように映し出される。

邦彦は足が震えた。全身が固まって、前に出られない。賊《ぞく》は大きなワイヤーカッターを振り上げて威嚇した。何かわめいているが、スペイン語らしくて何もわからない。

「三宅さん。警備室に応援要請をしに行ってください！」沢井が言った。

「沢井さんは？」

「ぼくはこいつらを阻止《そし》します」

「一人で？　それは無理だろう」

「大丈夫。せめて銅線は持ち出させません」

沢井は数歩前に出ると、「お前ら、すぐに警察が来るぞ！」と一喝した。その勇気に邦彦は驚いている。

「わーっ！　わーっ！」

負けじと邦彦も声を出した。ただし泡を食っていて台詞《せりふ》にならない。

「三宅さん、早く！」

「だめだ！　あんた一人置いて行けるか！」

そこへ賊の一人がワイヤーカッターを振り回して近づいて来た。

「わーっ！」

邦彦は大声を上げながら、ボクシングの構えで突進した。どうしてそういう行動に出たのか、自分でもわけがわからない。

気がついたら左ジャブを賊に見舞っていた。続いて右ストレート。これも決まった。賊はワイヤーカッターを地面に落とした。振り返ると、沢井ももう一人と戦っていた。もう何が何だかわからない。

車から仲間が降りて来て、向こうは三人になった。三対二である。しかし逃げる気はなかった。上等だ。やってやろうじゃねえか——。邦彦の頭の中は、ランボーかターミネーターになっている。

うしろから飛び蹴りを食らい、前方に転んだ。顔面を地面に打ち付け、頭がくらくらした。しかし痛くはなかった。それを感じる回路が壊れていた。

邦彦は立ち上がり、鼻血を流しながら賊に向かって行った。向こうも必死なのか、懸命の反撃を見せた。殴り、殴られる。逃がす気はなかった。少なくとも、一人ぐらいは身柄確保するつもりでいる。

「待てーっ！」

そこに大声が降りかかった。数人の足音が響き、ライトを浴びせられた。警備員たちだった。異状を知り、駆け付けてくれたのだ。きっと防犯カメラに映ったのだろう。警備員たちはさすがにプロで、たちどころに三人の賊を取り押さえた。賊が被った目出し帽を引き抜く。中南米系の顔をした男たちだった。観念したらしく両手を上げ、「ノー、ノー」と懇願している。

「あんたたち、大丈夫か！」

声を発したのは司令補だった。顔面血だらけの邦彦と沢井を見て絶句している。

「大丈夫です」

邦彦が、荒い息を吐きながら答えた。

「どうして逃げないの！　丸腰で窃盗団に向かっていくなんて、無茶が過ぎるだろう！」

「いや、でも……」

適当な言葉が見つからなかった。ただ胸の中で膨《ふく》らむのは、自分は逃げなかった、何かと戦ったという満足感である。

「担架で警備室まで運ばせるから、じっとしていて。その後、救急車も呼ぶから」

司令補の指示で、その場に横になった。沢井も同じように横たわった。

空を見上げると満天の星だった。吸い込んだ冷たい空気が胸に心地よかった。邦彦はその快感にしばらく浸った。

6

外国人窃盗団が逮捕された事件は、新聞とテレビで一斉に報じられた。内容は、警備会社と工場の宿直の社員が協力して三人の男たちを取り押さえ、警察に突き出したというものである。その際、社員が負傷したとも伝えられたが、賊に立ち向かって殴り合ったことは報じられず、記事としては中ネタといった扱いだった。明日になればみなが忘れるニュースである。

ただ、本社では大きなニュースとして各部署を駆け巡り、社員たちの噂となった。三宅さんと沢井さんが窃盗団を発見し、追いかけて捕まえたらしい——。賊に対して一歩も引かず、乱闘を演じたらしい——。多少の尾ひれもつき、実は二人は空手の有段者だったらしいと、まことしやかに語られた。

そして社内からは別の声も湧き起こった。うちの会社は早期退職勧告に応じなかった社員に夜警までやらせるのかという非難の声である。とりわけ若い社員の中からは、これでは自分たちも将来が不安だと言い出す者が出てきた。

これには組合も看過《かんか》できず、役員会に説明を求める事態へと発展した。頬《ほっ》かむりしていたら、今度は組合が信用をなくす。当初、人事担当役員は返事を濁し、逃げ回っていたが、今度は創業者一族の森村《もりむら》家が会社に乗り込んで来て説明を求めたため、役員会の議題に上げることが決まった。経営から手を引いたとはいえ、森村家は依然大株主である。社員はファミリーの一員であるとした創業時の経営方針はいったいどうなってしまったのか——。そう言われると、現経営陣は答えに窮する。

もっとも容易には方針転換されないだろうとも、邦彦たちは思っていた。会社はそんなに甘いところではない。経営には非情も求められる。情と非情を使い分けられる人間が、役員になるのである。

恐らく、今の危機管理課は一旦解散し、邦彦たちは本社に戻されるだろう。そして別の閑職が用意され、こっちが音《ね》を上げるまで待つのである。

邦彦はいたって平常心だった。どこへ配属されようが、与えられた仕事をこなすだけである。窃盗団を捕らえたというのは、自分史上最も大きな経験で、何でも来いという気になっている。逃げなかったことが、これほど自信になるとは思わなかった。何なら退職して警備員になってもいい。邦彦は泰然自若《たいぜんじじゃく》の構えである。

ただ、そんなことより――。


事件の翌日から、コーチが姿を見せなくなったのである。事件後は、警察の現場検証やら、怪我の治療やらでドタバタし、ボクシングの練習を中断していたが、五日も過ぎ、そろそろ再開しようかと話していたとき、コーチの不在に気づいた。

「そういえばコーチ、どうして来ないの？」

「さあ、わからない。事件のことは知ってるのかな」

「ニュースになったんだから、知らないはずはないでしょう。しかも工場内で起きたことだし、耳に入らないわけはない」

「じゃあ、どうして姿を見せないのよ。三宅さんと沢井さんに何か一言あって当然なんじゃないの」

そんな会話を交わし、みなで首をかしげる。

「おれさあ、コーチにお礼を言いたいんだよね。あのとき逃げ出さなかったのはコーチがボクシングを教えてくれたおかげだって」

邦彦が言った。実際、感謝の気持ちでいっぱいである。ボクシングだけでなく、生き方についても教えられた気がする。

待っていてもしょうがないので、時間を見つけてみなでコーチを捜すことにした。およそ五千人が働く大工場なので、所属がわからないと大変な作業だが、嘱託という手掛かりがあるので、絞り込みだけはできる。

邦彦は工場の総務部に行ってみた。そして年配の事務員を見つけ、まずはコンテナに眠っていたボクシング用具のことを聞いた。

「ああ、あれね。八〇年代の後半、わずか二、三年だったけど、うちにもボクシング部があったんだよね。ソウル五輪に選手を送り込むんだって、創部したんだけど、夢叶わなくて、すぐ廃部になっちゃった」

事務員が遠い目で懐かしそうに言った。

「そのときの指導者は誰だったんですか？　実はある嘱託社員を捜していて……」

邦彦が聞いた。もしかしてコーチがその人ではないかと思ったのだ。

「森村さん。創業者の一族で、変わり者だったね。どこかの有名大学のボクシング部出身で、うちの会社に就職して、長く海外勤務をしてたんだけど、帰国後、どうしてもボクシングで五輪のメダリストを育てたいって、社長を説得してボクシング部を創ったの」

「森村家の人だったんですね」

邦彦は思わず声を大きくした。そう言われれば、侍然《さむらいぜん》とした佇《たたず》まいは、育ちの良さから来たものだったのかもしれない。

「結局、ボクシング部が廃部になったら、自分も会社を辞めて、ボクシング協会の仕事をしてたんじゃないかな。そのまま会社にいれば役員になれたんだろうけど、あっさり辞めちゃうんだから変わってるよね。わたしは何度か話をしたことがあったけど、気さくで好きだったなあ。顔見ると、君、ボクシングやらない？　なんて、よく言われたもんだよ」

「その人、今どこにいるんですか？」邦彦が聞いた。

「はあ？　とっくに亡くなってるよ。十年は経つんじゃない？　だってボクシング部を創ったとき、もう五十代後半だった人だから」

「えっ、故人なんですか？」

邦彦は呆然とした。と言うことは、あのコーチは――。

「写真があるはずだから、見せてあげるよ」

事務員は話が乗って来た様子で、棚からファイルを取り出した。

「懐かしいなあ。昔はここの工場の総務部にはたくさんの運動部員がいてね、みんな若いし、力があり余った人たちだったから、職場にも活気があったよ。今はすべての部が廃部になって、淋《さび》しい限りだよね……。ああ、あった、あった」

写真を見つけた事務員が、テーブルにファイルを開いた。

「ほら、この人」

指さした写真の人物を見て、邦彦は鳥肌が立った。それはコーチだったのだ。若い選手たちと並んで、穏やかに微笑んでいる。

「懐かしいなあ。森村さん。男気《おとこぎ》があって、ユーモアがあって、曲がったことが嫌いな人。会社を辞めたのは正解かな、あの人に会社は窮屈《きゅうくつ》だよ」

事務員の言葉が耳を素通りする。

コーチは幽霊だった？　にわかには信じがたいが、そうとしか考えられない。いつもコンテナの陰から音もなく現れた。そして気づいたら姿を消していた。まるで出没するエリアが決まっているかのように、そこから外には出なかった――。

コーチは、邦彦たちを励ましたくて、天国から降りて来てくれたのだろうか。創業家の一員として、会社のやり方に腹を立て、戦ってみろよとボクシングを教えてくれたのだろうか――。

「あなた、どうかした？」

「いや、何でも」

邦彦はもう一度写真を見た。きれいに刈り込んだ白髪交じりの角刈り頭。浅黒い肌に引き締まった体。そして何事にも動じない意志を持った目。それはあたかも、迷える子羊たちに生きる指針を与えるかのような佇まいだった。確信した。コーチは、天国から来ていたのだ。

邦彦は、コーチはもう現れないだろうと思った。自分の役目は終わったと、天国に帰ったのだ。この先は自分たちでやれと、バトンを渡してくれたのだ。

邦彦は、メンバーに話したら、あとは自分たちだけの秘密にしようと決めた。語らず胸にしまうのが、コーチへの礼儀のような気がする。

邦彦は写真に向かって心の中でお礼を言った。コーチ、ありがとうございました――。

そのとき、コーチの口元が少し緩んだように見えた。

占い師

1

プロ野球選手の恋人が、入団三年目にしてブレイクした。大学時代、六大学リーグの花形選手だった田村勇樹《たむらゆうき》は、ドラフト一位指名で東京メイツに入団し、将来を嘱望《しょくぼう》された内野手だったが、一年目に肘を故障し、手術とリハビリ期間があって、ずっと二軍暮らしが続いていた。口さがないファンからは「契約金泥棒」などと叩かれ、深く傷ついていた。その勇樹が怪我から復調し、いよいよ本領を発揮し始めたのである。

開幕二カ月が過ぎて、打率は三割五分超え。本塁打は七本。盗塁は十個。やっぱり田村は逸材《いつざい》だったと、みなが見る目を変えた。

付き合って四年目の浅野麻衣子《あさのまいこ》は、いよいよこの日が来たのかと、天にも昇る気持ちだった。入団した当初は、マスコミの注目を一身に集め、長身と凜々《りり》しい顔立ちもあって、勇樹はアイドル並みの人気だった。契約金は一億円。麻衣子も舞い上がってしまった。春のキャンプ地で、勇樹に群がる若い女のファンをテレビで観《み》ては、「ふん。わたしの彼とも知らないで」と、優越感に浸っていた。どこか宝くじを引き当てたような気分もあった。このまま行けば結婚だ。自分はプロ野球選手夫人で、セレブな暮らしが待っている――。

しかし、一年目から勇樹は躓《つまず》き、麻衣子も落ち込んだ。人垣はすぐに消え、マスコミと世間はてのひらを返すことを二人して知った。麻衣子は勇樹を懸命に励ましたが、自分に何ができるというわけではない。そして不安の方が増していった。勇樹は有名大学の出身だが、スポーツ特待生で学力があるわけではない。英語なんかイエスとノーしか言えないし、算数は割り算も怪しい。クビになったらたいした仕事には就けないだろう。それを思うと、麻衣子は泣きたいほどの焦燥感に駆《か》られていた。

だからこそ、勇樹のブレイクはうれしかった。麻衣子の願いは、勇樹の好調がずっと続くこと。そして勇樹の年俸が跳ね上がり、シーズンオフにプロポーズしてくれることだ。

この日は朝から、東京国際展示場で司会の仕事が入っていた。麻衣子はフリーアナウンサー事務所に所属していて、そこから割り振られた仕事を日々こなしている。本当は在京キー局のアナウンサーになりたかったが、麻衣子の通っていた大学の偏差値ではまず無理な相談で、かといって地方局に行く気にはなれず、フリーアナウンサーの道を選んだ。身分は不安定だが、ＯＬよりはずっと稼ぎがいいし、周りからちやほやされる。それにチャ

ンスもある。局のプロデューサーの目に留まり、地上波の番組に抜擢《ばってき》された子だっている
のだ。

メイク道具一式が入ったバッグを提げ、会場の楽屋に入ると、同じ事務所の加奈《かな》が声を
かけて来た。

「麻衣子。ゆうべも彼氏、打ったね」

麻衣子の彼氏がメイツの田村だということは、事務所のみんなが知っている。

「そう？　ゆうべはスポーツ・ニュース観てないから」

「うそばっかり。気になってしょうがないくせに」

加奈が見透かしたように言うので、麻衣子はむっとした。ただ図星ではある。勇樹の成
績はスマホでもチェックしている。

「そんなことないって。だってプロ野球って毎日試合があるじゃない。打つ日もあるし、
打たない日もあるし、いちいち気にしてられない」

「ねえ、メイツの独身選手との合コン、いつ組んでくれるのよ」

加奈が麻衣子の腕を揺すって言った。

「シーズン中は無理なんじゃないの？　平日はナイターだし」

「わたしに紹介したくないんでしょう。麻衣子ずるい。自分ばっかり」

「ひがんだこと言わないでよ。こっちだってなかなかデートできないんだから」

麻衣子が吐息交じりに返事をする。実際勇樹は、月の半分は遠征で東京にいないし、ホームゲームでも、試合が終わると寮の門限があるため、自由な時間はほとんどない。

「ねえ、彼氏とデートすると、みんな振り返る？」

「最近はね。去年までは誰も見なかったけど、今年はテレビに映ることが多いから」

「いいなあ。わたしもプロ野球選手の彼氏が欲しい」

「あなたがそう言うのは、勇樹が今年活躍してるから。去年まで、何も言わなかったくせに」

麻衣子が言い返すと、加奈は返事に詰まり、肩をすくめた。

「ねえ麻衣子。でも不安じゃない？」

加奈が声のトーンを落として聞く。

「何が？」

「彼氏が一躍スターになって。今やチームの看板選手じゃない。この先、誘惑多いと思う」

今度は麻衣子が返事に詰まる番だった。顔も引きつった。

確かにその通りで、勇樹が活躍すると、今度は別の不安が頭をもたげてきた。それは、彼が自分の手の届かないところに行ってしまうのではないかという不安だ。実際、勇樹はこの頃素《そ》っ気《け》ない。

「ちゃんとつなぎとめておかないと、誰かに獲られちゃうよ」

「いやなこと言わないの」

「プロ野球の有名選手って、売れっ子モデルとか、女子アナとか、ＣＡとか、スペックの高い子たちが虎視眈々《こしたんたん》と狙ってるから」

「うるさい」

顔を背《そむ》け、話を打ち切った。まったく加奈は遠慮がない。

スペックか――。その言葉に麻衣子はため息をついた。確かにそれを比べられたら、自分は立つ瀬がない。この先、勇樹の前には、ハイスペックの女たちが次々と現れるだろう。男ならきっと目移りする。

用意された衣装に着替え、麻衣子たちは会場に移動した。全員が集合したところでスタッフ・ミーティングが開かれ、今日の段取りを打ち合わせる。麻衣子は司会担当なので、一人だけ別のレクチャーも受けた。

「浅野さん。今夜は予定あるの？」

打ち合わせの最後に、大手広告代理店の担当者が聞いてきた。

「打ち上げやるんだけど、浅野さんも来てよ」

「いえ、とくには？」

「あ、はい」

曖昧《あいまい》に返事をする。以前なら張り切って参加したが、今は気乗りがしない。プロ野球のスター選手に比べれば、広告マンなんてただの一般人だ。

担当者はコンパニオンにも声をかけていた。女たちはシナを作ってよろこんでいる。あんなのと一緒にされるの？　麻衣子は行くのをやめた。プライドだってあるのだ。

翌週、関西遠征から帰ってきた勇樹が、東京で開催されるホームゲームに招待してくれた。メールで「行きたい」とねだったら、「じゃあチケット取っておく」と返信があったのだ。麻衣子は双眼鏡をバッグに入れ、いそいそと出かけて行った。

球場の関係者入り口で「田村選手の招待です」と告げると、受付の係員が招待客リストに目を走らせ、「はい、浅野様ですね」と笑顔で応対し、内野席のチケットを手渡してくれた。麻衣子が優越感を覚える瞬間である。ファンは並んでもいい席など買えない。

内野スタンドに足を踏み入れ、グラウンドでウォームアップ中の選手の中から勇樹の姿を探す。ショートの位置でノックを受けていた。いた、いた。思わず口の中でつぶやく。

試合開始の一時間以上前だが、多くのファンがフェンス越しに、お目当ての選手に声をかけている。

「田村さーん」

あちこちから若い女の声が飛んだ。ここ最近は勇樹が一番人気である。若くて、活躍していて、何より独身だ。

ファンの女たちは、振り向かせようと、勇樹のポスターを広げ、声を嗄《か》らして叫んでいる。麻衣子はその光景を少し離れた所で眺めていた。ふん。ここに勇樹の恋人がいるとも知らずに——。

自分の恋人にファンがいるというのは、特別な気分だった。ファンの女たちは、それぞれに妄想を抱き、頭の中で架空の物語に浸っている。しかし勇樹の素顔を知っているのは、この中では自分だけだ。

守備練習を終えた勇樹が、ベンチに走って戻ってきた。ファンの黄色い声援が響く。サインをもらおうと、ネットの隙間《すきま》から色紙やボールを差し出し、振っていた。勇樹はそれには応じず、タオルで顔の汗を拭くと球団職員に促され、場所を移動した。向かった先にはテレビカメラが待ち構えていて、どうやらインタビューを受ける様子だった。テレビでよく見る民放局の女子アナが、マイクを手にして勇樹に近寄る。笑顔で挨拶を交わすと、勇樹は照れたように白い歯を見せた。

麻衣子は顔が熱くなった。そのアナウンサーは、夜のニュースのスポーツコーナーを担当する若手で、女優並みの美貌《びぼう》から人気も高かった。

この女、勇樹を狙ってるんじゃないの——。そんな疑念が浮かび、麻衣子は落ち着きを失った。

双眼鏡で勇樹の顔を見る。勇樹は鼻の下を伸ばし、うれしそうに質問に受け答えしていた。あんな顔、自分には見せたこともないのに——。

焦る気持ちが膨らみ、麻衣子はスマホでアナウンサーの名前を検索した。帰国子女で、有名私大卒で、学生時代はミスコンで優勝していた。典型的なエリート女子アナではないか。麻衣子の心に影が差す。もしこの女が本気で勇樹を狙ったら、勇樹はいちころで籠絡《ろうらく》されるだろう。麻衣子とはスペックがちがい過ぎる。

インタビューが終わった後も、二人は笑顔で雑談を交わしていた。今度ゆっくりお話を聞かせてください。よかったら食事でもどうですか——？　そんな想像ばかりしてしまい、ますます不安な気持ちになる。でもあり得る。女子アナがプロ野球選手と合コンをしているという話はあちこちから聞こえてきた。現に、多くの女子アナがプロ野球選手と結婚している。

麻衣子は椅子に深くもたれ、ため息をついた。「田村さーん」ファンの声が周囲に響いている。

試合は接戦だった。両チームとも先発ピッチャーが頑張り、スコアボードには数字のゼロが並んでいる。もっとも麻衣子は野球にはさして関心がなく、正直言えばルールも大してわかっていなかった。勇樹と付き合うようになって多少は勉強したが、犠牲フライでどうして点が入るのか未だに理解できない。ブルペンはどこかの外国人選手の名前だとばかり思っていた。

試合でも勇樹が打席に入ると女性ファンの歓声が高くなった。麻衣子も双眼鏡でのぞき、心の中で声援を送った。ここで決勝ホームランでも打てば、今夜のヒーローだ。

スタンドで若い女の一人客は浮いた存在で、周囲の客がちらちらと麻衣子を盗み見た。あのね、わたしは勇樹の恋人なの。そう言ってやりたいが、もちろん言うわけにもいかない。一人での観戦は痛し痒《かゆ》しである。

そんなことを考えていたら、勇樹が本当にホームランを打った。白球がきれいな放物線を描き、レフトスタンドに飛び込んで行く。

「やったー！」麻衣子は思わず大声を発し、立ち上がった。周りの客も一斉に立ち上がる。

スタジアムが大歓声に包まれる中、勇樹がゆっくりとベースを一周した。しばらく拍手が鳴りやまない。なんて恰好いいのか。女なら誰だって惚《ほ》れる。麻衣子は鳥肌が立った。

試合はその後、継投でメイツが逃げ切り、一対〇で勝利した。ヒーローインタビューのお立ち台に上がるのは、もちろん勇樹である。センター後方の巨大スクリーンに勇樹の顔が映った。男の顔は履歴書とはよく言ったもので、去年まであった田舎臭さが消え、精悍《せいかん》そのものだった。誰でもかかって来い、そんな自信に満ち溢れた顔である。

ヒーローインタビューが終わると、ベンチ前で記者に囲まれた。その中に試合前に取材していた女子アナもいた。気が気ではなく、双眼鏡でのぞくと、女は顔を上気させ、少しでも近づこうとしていた。ちょっと、わたしの彼に近寄らないでよ——。心の中で叫ぶが、もちろん通じるわけはない。麻衣子は焦った。女の顔は、ガードを解いた顔だった。同性だから一目でわかる。

麻衣子の中で不安な気持ちが膨らんだ。もし勇樹があの女子アナに好意を抱くようなことになったら、自分は確実に捨てられる気がする。自分とあの女子アナの差は、バッグで言えばサマンサタバサとエルメスくらいのちがいがある。

球場を出ると、麻衣子は勇樹にメールを送った。

《おめでとう。凄いホームランだったね。五分でもいいから会いたい。駅前のスタバで時まだ取材を受けなければならないだろうし、シャワーや着替えの時間もあるし、すぐに返事は来ないだろうと思っていたが、二十分くらいして返信メールが届いた。
《ごめん。無理だわ。門限あるし》
文面はいたって簡潔だった。何かもうひとこと欲しかったが、忙しいのだから仕方がない。
《了解です。ゆっくり体を休めてください。今度いつ会える?》
麻衣子は返信しようとして、少し考え、最後の一文は削った。今の勇樹にとって一番大事なのは野球である。邪魔になるようなことはしたくない。
麻衣子は、カフェのテラス席で球場からの帰り客を眺めていた。「今日は田村だよな」「やっぱ凄《すげ》えよ。ドライチだけのことはあるよな」——。ファンが興奮気味に勇樹の活躍を語っている。ますます遠くに行ってしまう気がした。うれしいような、淋《さび》しいような。
もう一度返信が来ないかと待っていたが、スマホは無音のままだった。

2

六月に入っても勇樹は絶好調だった。三試合連続ホームランを打つなど、打率はぐんぐん上昇し、ついには東京メイツの四番を任されるまでになった。これには勇樹もプレッシャーを感じているようで、「荷が重いなあ」とこぼしていた。マスコミへの露出も格段に増え、NHKの九時のニュースでミニ特集が組まれるほどだった。マスコミは常に新しいヒーローを欲しがる。それに見事はまった形だ。

その間、デートしたのは一度きりである。試合のない月曜日の昼下がり、都心の一流ホテルで待ち合わせ、そのままチェックインし、一晩中セックスをした。二十五歳のプロ野球選手は精力絶倫なのである。

本当は腕を組んで街を歩きたかったが、ホテルのロビーですら、勇樹が現れると客が色めき立ち、「メイツの田村」とささやき合うのが聞こえた。サングラスをしていても、体が大きいから存在は隠しようがないのである。そして待ち合わせ相手の麻衣子にも視線が集中し、もはや普通のデートは無理だと悟った。

このとき麻衣子は、にわか仕込みの栄養学の知識を披露し、試合前に摂取するといい食べ物や、試合後の疲労をとるメニューなどを教えたが、勇樹の反応は鈍かった。いつ奥さんになってもいいように準備はしていると暗に伝えるためだったが、気づかないのか、それとも鬱陶《うっとう》しく思われたのか、「ふうん」と生返事するだけである。そろそろ将来を約束するようなひとことを待っているのだが、その気配はまったく感じられず、麻衣子は不満だった。付き合ってもう四年になる。二十代半ばで、普通の恋人なら、結婚を意識するのは自然なことだ。

別れるとき、麻衣子は愛宕《あたご》神社で買ったお守りをプレゼントした。「勝負運の神様だって聞いたから」そう言って手渡したが、「縁結びの神様でもあるらしいのよ」と悪戯《いたずら》っぽく笑って付け加えると、勇樹は苦笑し、何も言わなかった。その表情もどこかぎこちない。

麻衣子は初めて危機感を覚えた。勇樹は自分から気持ちが離れつつあるのではないか。スターになり、一気に世界が広がり、何でも手に入るようになった。女だってそうだ。ふと今の恋人を見やり、もっといい女と付き合えるのではないかという思いがよぎる――。あり得る。大いにあり得る。

一人で悩むのが苦しくて、加奈に相談すると、「むずかしいね」と同情してくれた。

「マジな話、誘惑多いと思う。それに、そろそろタニマチがつく頃だから、君の嫁さんはおれが探してやる、なんて会社社長が現れてる可能性もある」

「加奈。詳しいね」

「だって、ナレーターやってたエリカって先輩いたじゃない」

「いた、いた。憶えてる」

「あの人、Jリーガーと三年間付き合ってたけど、そのJリーガーが日本代表に選ばれて有名になったら、パチンコ・メーカーのタニマチがついて、そこの社長令嬢とあっさり結婚しちゃったじゃん」

「そうなの？」

「そうよ。知らなかった？　エリカさん、ショックを受けて新潟の実家に帰っちゃったじゃない」

「そうだったんだ」

麻衣子はたちまち暗くなった。資産家の娘が現れたら、勇樹はなびいてしまうかもしれない。野球がだめになっても、妻の実家が面倒を見てくれる。そんないいことはない。

「とにかく、もう甘い夢は見ない方がいいと思う。麻衣子が知らないだけで、田村さんの周りには、相当数の女たちが押し寄せてると思う。モデルなんか要注意」

「そうかなあ」

「そうよ。たとえば田村さんが流行りのクラブに行ったとするじゃない。そうしたら店側は絶対に放っておかない。ＶＩＰルームに通して、店の常連客のモデルをあてがって接待するじゃない。そしたら男なら誰だって——」

「いやなこと言わないでよ」

「でもそれが現実。わたしたちだって、かつてはそうやってクラブ遊びをしてたんだから」

加奈が痛いところをついた。女子大生で読者モデルをしていた頃、クラブに行くといつも黒服がタダで入れてくれた。そしてセレブが来店するとＶＩＰルームに呼ばれ、相手をするよう耳打ちされた。麻衣子は男たちをうまくあしらい、フルーツやシャンパンを好きなだけ飲み食いして帰ったが、中には口説かれて寝る女もいた。今の勇樹だったら、女の方から言い寄ってくるだろう。

「彼氏が成功するって、女には痛し痒しだよね」加奈が吐息交じりに言った。「ランクが上がると、乗り換えられる心配をしなきゃならないし」

「意地悪。それを願ってるんでしょう」

麻衣子が鼻に皺《しわ》を寄せて言うと、加奈は顔色を変え、「わたし、そこまでいやな女じゃないつもりだけど」と言葉を返した。

しばしの沈黙。麻衣子は「ごめん」と謝った。

加奈の言うことはもっともだった。自分にしたところで、これまで男選びは条件次第だった。ルックス、学歴、将来性――。勇樹とは学生サークル主催のパーティーで知り合ったが、最初は図体《ずうたい》がでかいだけの体育会系と思っていたところ、実はプロが注目する有名な選手と知り、急に見る目が変わった。ネットでリサーチしてみたら、「一位指名間違いなし」とか「将来のスター候補」とか、凄いことがたくさん書いてある。このとき麻衣子は、勇樹の彼女になろうと決めた。

幸いなことに、勇樹も麻衣子を気に入ったようで、ほどなくして付き合うようになった。その頃、麻衣子はファッション誌の読者モデルとして、学生の間では有名な存在だったので、勇樹も連れて歩くのに鼻が高かったのだろう。要するにキャンパスのスター同士、お似合いのカップルだった。その釣り合いが、今バランスを失いかけている。勇樹は成功者への階段をずんずん上り、麻衣子は無名のフリーアナウンサーのままだ。

自分は乗り換えられるかも――。麻衣子は胸騒ぎがした。勇樹がホームランを打つごとに、距離が広がっていくような気がして、応援にも身が入らない。

六月下旬、勇樹がプロ野球のオールスターに選出された。セ・リーグの三塁手部門で堂々のファン投票一位である。メイツが人気球団だということもあるが、やはりこれは快挙だろう。勇樹の露出はさらに増え、ニュースのスポーツコーナー等で、各局の女子アナが勇樹詣《もう》でをするという様相を呈していた。麻衣子には、その全員が勇樹を狙っているように見えて、気が気ではない。

勇樹とは週一ペースで会ってはいたが、ホテルに呼び出されてセックスをするだけで、話題の映画を観ることも、流行りのレストランに行くこともなかった。一度、絵画展に行かないかと誘ったが、「無理」と素っ気なかった。

「どこへ行ってもスマホを向けられて、もううんざりだよ。ネットには隠し撮りされた写真や動画がいっぱいアップされてるし」

確かに勇樹の行くところ、常に人だかりができ、外出したがらない気持ちも理解できた。たぶん、普通の恋人同士のようなデートはもう無理なのだろう。

麻衣子の悩みは深い。毎晩うまく寝付けなくて、そのせいか化粧のノリも悪い。仕事に支障をきたさないかと、自分でもハラハラしている。

そんな日々を送っていたところ、麻衣子は占い師を紹介された。事務所の内藤《ないとう》という女社長が通っている所で、カウンセラーも兼ねているようだ。「麻衣子、最近元気ないね」と聞かれ、気が弱っていたこともあって、正直に打ち明けたら、「じゃあ、ここに行きなさい」と笑って勧められたのだ。内藤は明るくてキップのいいボスで、麻衣子はずっと信頼していた。

原宿の竹下《たけした》通りから、一本路地に入り、曲がりくねった急な坂道を進むと、朽《く》ちかけたような古い雑居ビルが場違いに存在し、その二階に占い師のオフィスはあった。麻衣子にとって竹下通りは、中学生の頃から庭みたいなものだが、こんな路地があるとはまるで知らなかった。だいたい内藤の描く地図はいつもいい加減で、この日もたどり着くまで十分以上道に迷ってしまった。

ノックして中に入ると、白い壁のワンルームに机と椅子があるだけの殺風景な空間で、中にいたのは黒装束の若い女だった。まだ二十代なのではないか。占い師というから、てっきりおばさんだとばかり思っていたので、麻衣子は拍子抜けしてしまった。おまけに、「内藤社長の紹介で来ました」と告げると、「は？」と聞き返される始末である。まったくうちの社長は、事前にアポぐらい入れておいてくれればいいのに——。麻衣子は呆《あき》れた。

「すいません。内藤社長に、ここの占いは当たると言われて来たんですが」

「占い？　ああ、そう。当たるよ。まあ座って、座って」

占い師はのっけからため口を利いた。まるで友人を迎え入れるかのように、ぶっきら棒でもある。

「で、何の相談？」

「実は、今付き合ってる彼氏のことで……」

「ああ、恋愛相談ね。じゃあここに名前書いて」

占い師に紙を差し出され、麻衣子はそこに自分の名前を書いた。社長には聞いてなかったが、姓名判断なのだろうか。

「浅野麻衣子、いい名前じゃん。じゃあ、話聞かせて」

占い師が足を組み、リラックスした様子で促した。

「実は……」

麻衣子は、初対面の相手に抵抗はあったが、話さないことには占ってもらうこともできないので、包み隠さず打ち明けた。すると占い師は、「そりゃあ、あんた捨てられるわ」とあっさり言った。

「だって、あんたの彼氏、今や女優でもモデルでも、選《よ》り取り見取りなんでしょ？　だったら乗り換えるんじゃない？」

麻衣子は耳を疑い、憤慨した。この無礼な言い草は何なのか。

「でも勇樹は、そんな軽い男じゃないし、どちらかと言えば硬派で、遊び人タイプじゃありません」

「遊んでないから騙《だま》されるんじゃない。だってあんたが落としたのだって、向こうがスレてなかったからでしょう？」

「そんな……」

麻衣子は絶句した。確かに、学生時代の勇樹は野球一直線の世間知らずだった。麻衣子が彼女の座に収まったのも、勇樹が麻衣子の色仕掛けにコロリとやられたからである。

「男は成功すると、トロフィーワイフを欲しがるからね。要は、あんたがそのトロフィーになれるのかって話なのよ」

占い師が尚もずけずけと言う。トロフィーワイフとは、夫にとってステータスシンボルになる妻のことである。美貌、経歴、マナーと知性、それらを兼ねそなえた妻を娶《めと》ることは成功した男の特権のようなものだ。

「ま、女も玉の輿《こし》を狙うわけだから、どっちもどっちだよね。利害が一致してるって言えば、そうなんだろうし」

「先生。じゃあ、わたしはどうすればいいんですか？」麻衣子が聞いた。

「先生？　わたしのこと？　やだあ。名前でいいよ。わたし鏡子《きょうこ》。鏡の子ね。呼び捨てでいいよ。相談事はフランクじゃないとさ」

鏡子が手を振って屈託なく笑う。馴《な》れ馴れしいが、威張っているわけではなさそうである。ブティックのカリスマ店員が、若い客にはため口を利くようなものなのだろうか。

「じゃあ、鏡子。どうしたらいいか教えて」

麻衣子も遠慮なく呼び捨てにした。よく見れば、鏡子は自分と同年代なのだ。それに、どことなく自分に似ている。

「麻衣子が望むことは彼との結婚？」

「そうだけど……」

「でも、このままだと捨てられる」

「そうね、考えたくないけど……。女子アナとかモデルとかに乗り換えられたら、わたし、惨《みじ》め過ぎて死んじゃいそう」

「でもさあ、麻衣子もそうやってこれまで男を乗り換えて来たんだし、人のことは言えないんじゃないの？」

鏡子がからかうような口調で言った。

「失礼ね。どうして初対面のあんたにそんなことがわかるのよ」

麻衣子が口を尖《とが》らせて抗議する。

「わかるわよ。麻衣子、そういう気を発してる。いい男の前ではシナを作って、そうじゃない男にはそっぽを向く」

「勝手なこと言わないで」

「じゃあ、ちがうの？」

鏡子が顎を突き出して言い、麻衣子は返事に詰まった。確かに図星なのである。勇樹と付き合うまでは医大生と付き合っていた。その前は親が外交官だという帰国子女だった。スペックが低い男は、どんなにハンサムでも興味が湧かない。

「今の彼氏は諦めたら？　格差婚はしあわせになれないよ」

「格差って、ひどいこと言うわね。わたしだって、それなりのスペックはあるんですからね」

麻衣子は抗弁したが、納得する部分もあった。勇樹は成功し過ぎたのだ。だから釣り合いが取れなくなった。

「正直に言いなよ。どうなって欲しい？」と鏡子。

「そうねえ……、勇樹の成績が少し落ちてくれるといいかな。スーパースターにならなくても、プロ野球の一軍選手なら普通のレギュラーで充分。それだけでも年に一億円は稼げるんだから」

麻衣子は本音を言った。ただのレギュラーなら、女子アナやモデルに狙われることもない。

「わかった。じゃあ祈ってみようか」

「祈る？　ここ、占いじゃないの？」

「どっちもやってるの。いいじゃない、細かいことは」

鏡子が棚から水晶玉を持ってきて、テーブルに置いた。

「さあ、右手をかざして」

鏡子が指示し、麻衣子は従った。同じように反対側からも鏡子が手をかざす。すると水晶玉の中に、虹色のうねりが見えた。現実感が薄れていく。まるで夢の中にいるかのようだ。

「はい、これで終わり」

五分ほど手をかざして、儀式のようなものは終わった。何だかキツネにつままれたような気分である。

「あのう、料金は」麻衣子が恐る恐る聞く。

「あ、そうね、料金か。いくらならいい？」鏡子が逆に聞いてきた。

「さあ、占いって十分千円くらいだと思うけど」

「じゃあ、あんた三十分いたから三千円。それでいい？」

「うん、いい」

麻衣子がバッグから財布を取り出すと、鏡子が「いいや。千円で。初回サービス」と言った。無礼で腹立たしい占い師だが、料金に関しては良心的なようである。いや、料金表もないのだからいい加減ということか。

部屋を出ると、湿気が肌に絡みついてきた。ふわふわと宙を歩くような不思議な感覚があり、気づいたときは竹下通りに戻っていた。ええと、どういうルートを歩いたんだっけ――。振り返って見るが、よくわからない。次に行けるか自信がなくなった。

ともあれ、悩みを吐き出して少しは気が晴れた。麻衣子は来てよかったと思った。

3

翌週から勇樹が大スランプに陥った。ヒットが出ないのである。三十打席ノーヒットというのがどれほどひどい成績か、野球に疎《うと》い麻衣子でも容易に理解できた。一週間以上、すべての試合でヒットなし。その間、打率は急降下し、リーグの首位打者だったのが、七位くらいにまで下がった。そして打順も四番から五番、六番へと下がり、ついにはスタメンから外《はず》れる日もあった。

監督は「若手だから長い目で見てやって」と庇《かば》っていたが、マスコミは容赦がなかった。《対戦相手に研究されて打率急下降》《内角を攻められるとお手上げ》《これぞプロの洗礼》

ネットの書き込みとなるともっとひどい。《まぐれ当たりが終わればこんなもの》《これが実力でしょ。馬脚を露《あらわ》しただけのこと》《早く二軍に落とせ。名前を聞くのもいや》──。

最初は、少しくらい打てない方が悪い虫がつかなくていいと余裕で眺めていたが、あまりに続くので麻衣子は怖くなった。これはもしかして原宿の占い師の所で祈禱《きとう》したことが、現実になったのではないか──。自分はあのとき、確かに、勇樹の成績が少し落ちることを願っていた。

半信半疑の思いでいるところに、勇樹から会いたいというメールが入った。勇樹はわたしを必要としている──。麻衣子がはやる気持ちで指定されたホテルに駆け付けたら、会話もなくいきなり体を求められた。どうやら試合の憂《う》さを晴らしたかったようである。

「気にすることないよ。今に調子を取り戻すから」

麻衣子が慰めても、「仕事の話をするんじゃねえ」と、苛立《いらだ》った様子でセックスに没頭するばかりである。

一息ついたとき、麻衣子は「ねえ、ファンの野次って気になる？」と恐る恐る聞いてみた。

「当たり前だろう。故郷に帰れとか、金返せとか、ひでえこと言いやがる」

勇樹が怒りを押し殺すようにして言った。

「マスコミは？」

「現金なもんさ。すうっといなくなる」

「女子アナも？」

「ああ。目も合わせねえよ」

勇樹が忌々《いまいま》しそうに吐き捨てる。よしよし。この点は一定の効果があったようである。

麻衣子は心の中で拍手をした。

「でもなあ、これで二軍に落とされたら、しばらく立ち直れねえよなあ。だいいちオールスターはどうなるのよ。おれ、辞退したいよ。風邪ひいたってズル休みしようかな」

勇樹が子供のような弱音を吐くので、麻衣子はさすがに気の毒になった。それにしても、この事態は偶然なのか、それとも祈禱の成果なのか。自分では判断がつかない。


勇樹の打率はその後も下がり続け、影響は守備にも及んだ。一度サヨナラ・エラーというものをやらかし、ファンから総スカンを食った。こんな選手をオールスターに出すのかと世間は喧《かまびす》しいが、投票で決まったものは覆《くつがえ》せない。勇樹は針のむしろに座らされているようなもので、すっかり弱気である。たびたび麻衣子をホテルに呼び出しては、体を求め、愚痴《ぐち》をこぼす。

麻衣子は勇樹を独り占めできてうれしかったが、一方では、勇樹が気の毒なのと、このままダメになるようなら結婚相手として大問題で、自分まで困惑した。

さて、どうしたものか——。しょうがないので、麻衣子は再び原宿の占い師を訪ねることにした。あのときの祈禱が原因なら、何とかして欲しい。

電話番号を知らないのでアポなしで訪問すると、鏡子は麻衣子の来訪を待ち構えていたかのように、「おー、来た、来た」と可笑《おか》しそうに出迎えた。

「慌ててんでしょう。あんたの彼氏がスランプに陥ったものだから」

鏡子がほくそ笑んで言う。

「そうよ。ねえ、もしかしてこの前の祈禱のせい？」

麻衣子が聞いた。

「そうそう。予想以上に呪いが効いちゃったね。麻衣子の怨念が強いせいだよ」

「呪い？　あんた呪術師なの？」

麻衣子が目を剝いて問うと、鏡子は慌ててかぶりを振り、「ああ、言い間違い。祈禱と占いね」と訂正した。

「でも、麻衣子の望み通りになったわけだからいいじゃん。彼氏はすっかり評判を落として、狙っていた女どもも今は引いちゃってるんでしょ？」

「そうだけど、このまま落ちて行ったら、勇樹は球団を解雇されるわけだし、そうなったら、せっかくプロ野球選手の彼女の座を射止めたわたしはどうなるのよ」

「どうなるって、麻衣子はどうするの？」

「そんなの、別れるに決まってるでしょう。失業したらただの大男だもん」

「はは。麻衣子は正直だね。好きよ」

鏡子が屈託なく笑う。

「とにかく、今の状況はやり過ぎ。勇樹を元に戻してちょうだい」

「わかった。クライアントは麻衣子だから、麻衣子の希望ならそうするよ」

鏡子が再び水晶玉を用意した。二人で手をかざしてお祈りをする。水晶玉に自分が映り、その顔が魔女のようなのでどきりとした。いったいわたしは何をしているのか――。

「オッケー。これであんたの彼氏、スランプから抜け出ると思う」

鏡子が微笑《ほほえ》んで言った。

「ねえ、それはそうと、わたし、勇樹と結婚できるの？　最初はそれを占ってもらうつもりで来たはずなんだけど」

麻衣子が改めて聞いた。

「そうねえ。半々ってとこじゃない？」

「半々？　占い師でその発言はないんじゃない？」

「だって麻衣子、さっき、彼氏が球団を解雇されたら別れるって言ったでしょう。ということは、彼氏の成績次第ってことで、あんたを占っても意味ない」

鏡子がもっともなことを言い、麻衣子は反論できなかった。

「とにかく、今は彼の復調を祈る。それであとはうまくやって」

「でもさあ、スランプ中はずっとわたしを求めてたんだし、それって愛されてるってことにならない？」

「ならない」鏡子が真顔で即答する。

「どうしてよ」麻衣子はむっとして聞いた。

「じゃあ聞くけど、愛されてるって実感あった？」

鏡子が顎を突き出して言う。麻衣子は少し考えて黙った。

まったくこの占い師は、悔しいくらい的を射る。まるで麻衣子の心の中を全部見透かしているかのようだ。

「とにかく、これで様子を見なよ。彼氏が復調したとき、あんたにどんな態度を取るか。それで彼氏の本心がわかると思う」

「そうだね……」

麻衣子はその言葉に納得した。自分は待つ身なのである。

「また来る。今日の料金は？」

「千円でいいよ」

鏡子がやさしい目で言った。二回会っただけでもう親友のようだ。

スランプのまま勇樹はオールスターゲームに出場した。本人は辞退したがっていたが、ファン選出でそれは許されないらしく、各チームのスター選手に交じって、先発メンバーに名を連ねた。麻衣子は、どうなることかと心配しながらテレビで観戦していた。すると——。

勇樹の打棒は爆発した。なんと一線級のピッチャーたちを相手に、三打席連続でホームランを打ったのである。これはオールスターで二人目の記録らしく、日本中が大騒ぎとなった。おまけに味方の失点を防ぐ超ファインプレーも飛び出し、ゲームの見どころを独り占めする活躍を見せた。当然、この試合のMVPに選ばれ、勇樹はお立ち台で男泣きした。

ずっとスランプで、自分はもうダメかと思い、落ち込んでました。でも今日、やっとトンネルを抜けられた実感があります。応援してくださったファンの皆さん、ありがとうございます――。

テレビの前で麻衣子はもらい泣きしてしまった。日本人は涙のインタビューに弱い。恐らく多くの野球ファンが泣いただろう。勇樹は一夜にしてヒーローに返り咲いたのである。

はやる気持ちで祝福のメールを打ったが、返信はなかった。その夜、勇樹はテレビ各局のスポーツ・ニュース番組を梯子《はしご》し、インタビューに答えていた。たくさんメールが来ただろうし、チェックする時間がないのも理解できた。番組では、いつか勇樹に色目を使っていた女子アナがインタビュアーとして出ていて、「スランプの時はどんなことを考えましたか」「辛かったんじゃないですか」と、目を潤《うる》ませて問いかけていた。

ふん、お生憎様《あいにくさま》。勇樹はスランプの間、わたしの胸の谷間に顔を埋《うず》めてました――。麻衣子はテレビに向かって毒づいたが、またぞろ不安が頭をもたげたのも事実だった。スランプを抜けたら、また女どもが寄って来るだろう。そして勇樹はきっと鼻の下を伸ばす。

勇樹からメールの返信があったのは翌日になってからだった。それも《ゆうべは飲み過ぎた。二日酔い》というおざなりなものだった。スランプの間、慰めてあげたんだし、少しくらい感謝の言葉があってもいいんじゃないかと思ったが、仕方ないかと諦めた。元々周りに気を遣わない男なのである。そういう自己中心性も、プロの条件のひとつだ。

ともあれ、勇樹が自信を取り戻してよかった。そして鏡子の祈禱の凄さである。いったいあの女は何者なのか。

オールスターで大活躍した勇樹は、後半戦もその勢いのまま打ちまくった。下がっていた打率も上昇し、再び首位打者が狙える位置まで来た。打順も四番に戻り、メイツの中心選手として何やら貫禄まで漂い始めていた。つくづくスポーツはメンタルだと麻衣子は思った。今の勇樹は向かうところ敵なしである。

活躍するにつれて会う回数は減った。スランプ時は三日にあげずホテルに呼び出したくせに、今は二週間に一回程度である。それも目的はセックスだけである。一度、麻衣子が「ユウちゃんに手作り料理を食べさせてあげたい」と言ったら、勇樹は途端に不機嫌になり、「寮の栄養士が、なるべく食事は寮でとるようにって言ってるからいい」と、目を合わせないで返答した。

麻衣子は密《ひそ》かに傷ついた。これってもしかして〝都合のいい女〟というやつなのだろうか。女子大生時代はミスコン荒らしとして名を馳《は》せ、ファッション誌の読者モデルまで務めたこのわたしが——？　麻衣子は自分が今いるポジションが信じられなかった。

そんな中、さらなるショックな出来事が起きた。勇樹が例の女子アナと深夜にデートしている写真が週刊誌に掲載されたのである。その写真は、西麻布の会員制バーから寄り添って出てくる勇樹と女子アナのショットだった。揃って季節外れのマスクをしていることが、いかにも密会めいていて、二人の親密度を示すものだった。この写真を見れば誰だって二人は付き合っていると思うだろう。

記事によると、二人はこの後、別々のタクシーに乗車したが、行き先は同じシティホテルで、翌朝も別々にホテルを出る二人の写真を掲載していた。後日記者が直撃取材をすると、勇樹はしどろもどろで「知らない」と言い通し、走って逃げたようである。一方の女子アナは冷静で「広報を通してください」といたって大人の対応だったようだ。

麻衣子は頭の中が真っ白になり、何も考えられなかった。勇樹から弁解のメールはない。その女子アナは何事もなかったかのように毎晩ニュース番組に出演し、原稿を読み上げていた。その知的な佇《たたず》まいと美貌は相変わらずで、ちょっと敵《かな》わないなと、ため息が出るばかりである。

問い詰めるべきかどうか——。麻衣子は、まずは同じ事務所の加奈に相談してみた。

「今はやめた方がいい。きっと別れ話を切り出されると思う」

加奈の答えは簡潔だった。そして心から同情している様子だった。麻衣子と一緒になって怒ってくれたのだ。

「スランプのとき慰めてあげたのは麻衣子じゃん。それなのに、好調を取り戻したら人気の女子アナに乗り換えるなんてサイテーだよね」

「誘惑多いだろうし、一時の浮気であって欲しいんだけど」

「うっそー。麻衣子がそんなこと言うなんて。浮気だったら許すわけ?」

「そうね、許すかも……」

麻衣子はそう言ったが、本心かどうかはわからなかった。自分に自信が持てないなんて、生まれて初めてかもしれない。可愛い、可愛いと褒《ほ》められ、ずっと上から目線で生きてきたのだ。


一人で考えると憂鬱《ゆううつ》になるばかりなので、また原宿の占い師を訪ねた。これで三度目、麻衣子にとって、もはや人生相談の趣《おもむき》である。

「おー、来た、来た」鏡子は笑顔で迎えてくれた。「週刊誌、わたしも読んだよ。あんた、なめられてるね」

相変わらず遠慮のない物言いである。

「やっぱりそうかな」

「当たり前じゃん。かつてのミスコンの女王も地に落ちたね」

「はあ? 何でそんなこと知ってるのよ」

「いや、まあ、それはね……」

「うちの社長でしょう。まったく余計なことまでしゃべって」

麻衣子は内藤の顔を思い浮かべ、舌打ちした。

「で、どうしたいの？　別れるの？」鏡子が聞いた。

「それがわからないのよ。昔のわたしなら、浮気なんかされたら即、別れるところだけど、今は踏ん切りがつかない。やっぱり頭をちらつくのよねえ。プロ野球のスター選手の妻の座っていうのが」

麻衣子は正直に言った。鏡子の前だと裸の自分になれる。

「そうねえ、このまま行ったら、あんたの彼氏、たちまち一億円プレーヤーだろうし、それだけ稼ぐ男なんてそうそういないもんね」

「あのさあ、トップじゃなくてもいいのよ。二番手、三番手あたりでも充分いい生活できるし」

「また虫のいいことを」

「わかってる。わかってるけど一生の問題」

麻衣子が真顔で訴えると、鏡子はひとつ息をつき、「じゃあ、またやってみる？」と言った。

「そうね。勇樹がまたスランプになって、わたしを求めて、それでプロポーズまでもって行く。そこで呪いが解けてまた活躍する」

「あんた今、呪いって言ったね」鏡子が笑っている。

「うるさい。揚げ足取らないでよ」

ともあれ、また水晶玉のお世話になることになった。

二人で手をかざし、水晶玉の中に渦巻く虹のような色の変化を凝視《ぎょうし》する。一瞬、自分の顔が映り、また魔女に見えた。毎度のことながら、現実離れした不思議な時間である。

「うまく行くといいね」と鏡子。

「本当にそう思ってる？」

「思ってるよ。だってあんた――」そこまで言って口をつぐむ。

「何よ。わたしが何？」

「何でもない。麻衣子がしあわせになりますように」

鏡子が念仏のように唱え、儀式は終わった。

まったくどうかしている。こんな魔術のようなものに頼り切っているのだから。麻衣子は自分を嗤《わら》いたい気分だった。

4

翌週、勇樹がデッドボールを受けた。ホームランを打った次の打席で、巨漢の外国人ピッチャーが投げたボールが勇樹の左肘を直撃したのだ。勇樹はその場に倒れ、しばらく起き上がれなかった。そのままベンチに退いたが、勇樹の顔は蒼《あお》ざめていて、ただの打撲ではなさそうなことは表情でわかった。そしてその夜のうちに骨折であることが判明した。全治一カ月。八月半ばで優勝争いをしているチームには大打撃で、勇樹本人もこれでシーズン中の復帰が危うくなった。

麻衣子はテレビで観ていて背筋が凍り付いた。勇樹が再びスランプに陥ることを祈ったが、怪我までは望んでいない。これも祈禱のせいなのか——？

すぐに鏡子に問いただそうと思ったが、スランプとちがって怪我は取り返しがつかないことなので、思いとどまった。それに今、鏡子に会ったら、言い合いになってしまいそうだ。「あんたの望みを叶えてやったんでしょう」「誰が怪我させろって言ったのよ」——。容易に目に浮かぶ。

お見舞いのメールを何度か送ったが、事務的で短い返信が一度あったきりで、それ以降音沙汰はなかった。今、勇樹は落ち込んでいるのだろう。スランプになったり、怪我を負ったり、プロの世界の厳しさと、運不運に翻弄《ほんろう》される不条理さに、やりきれない思いでいるのだ。

連絡を取ろうかどうか悩みながら、麻衣子は電話をしなかった。自分も頭を冷やしたかったのだ。今年に入ってから、勇樹の成績に振り回されてきた。打ってくれるとうれしいが、打ち過ぎると、乗り換えられるんじゃないかという不安が首をもたげる。打たないと彼女の座は守れるが、今度はこの男と結婚していいのかと別の不安が生じる。要するに身勝手なのだ。充分わかっている。

子供の頃から、なまじ容姿に恵まれたせいで、男たちからちやほやされてきた。選ぶのは自分だと思っていた。それが社会に出て、同類がいっぱいいることに気づかされた。そしてその中に放り込まれると、否応《いやおう》なくランク付けされる。

上の下になるくらいなら、中の上の方がよかったのかな。麻衣子は鏡を見て、一人ため息をついた。わたしのしあわせはどこにあるのか——。

むしゃくしゃするので、加奈に誘われ合コンに参加した。丸の内の一流企業に勤務する異業種の集まりで、みなエリート然としていた。彼らはきっと職場でも、それ以外の場所でも一目置かれ、女たちの熱い視線を浴びているのだろう。ルックスは普通でも自信に満ち溢れているのは、自分たちの高学歴と高収入を自覚しているからだ。

ただ、やはり勇樹と比べると見劣りした。プロ野球の一流選手と比べれば、彼らは所詮一般人なのである。どんなに頑張っても一億円稼ぐことはできないし、道を歩いていて振り向かれることはない。

みんな歳が近いので、すぐに打ち解け、会は盛り上がった。「きゃあー」「いやーん」隣で加奈がシナを作っている。まったく普段の高飛車な加奈はどこへ行ったのか。

男性陣の一人、商社マンだという男が、麻衣子を気に入ったのかしきりに話しかけてきた。自分は東大出だと、会話の中に潜り込ませ、それとなく麻衣子の経歴を探ってくる。

「就活でテレビ局は受けたの？」

「一応は。でも全滅」

麻衣子は微笑んで答えた。本当はエントリーシートですべて撥《は》ねられたが、うそを言った。

「浅野さんの大学からうちの会社に入った人っている？」

「さあ、どうかしら。わたし知らないけど」

男はどうしても麻衣子の出身校を知りたいらしい。面倒くさいので答えたら、（あ、そう）という顔をされた。私大では人気のある大学だが、東大出から見れば2ランクは下だろう。

「アナウンサーってことは、英語は喋《しゃべ》れるの？」

「ううん。だめなんです。ホテルのチェックインくらいならできるけど、会話はちょっと苦手」

可愛らしく答えたつもりだったが、ここで男は麻衣子に興味を失ったようで、ほかの女子に向きを変えた。

何だ、この男――。麻衣子はむっとした。一流商社マンかどうか知らないが、たかが会社員だろう。年収だってよくて一千万円程度だろう。それに中肉中背で、チンピラと喧嘩《けんか》になったら絶対に負ける。わたしを袖にできるだけの器量か。

男は次の女子にも同じような質問をしていた。大学どこ？　英語話せる――？　あ、そうか。麻衣子はピンときた。この男は結婚相手を探しに来たのである。商社マンなら海外勤務は避けられない。エリートであればあるほど、海外勤務は長くなるだろう。となれば、配偶者の条件は英語が話せることだ。彼には切実な問題なのだ。

そうとわかったら、怒りの感情はすうっと収まった。なるほど、あけすけではあるが、理解できないわけではない。海外生活など絶対にできそうにない女は、いくら美人で気立てがよくても、候補外なのだ。

そして麻衣子は、勇樹にも考えが及んだ。そういえば勇樹は、昔からいつかアメリカのメジャーリーグに挑戦したいと言っていた。今の勇樹の実力をもってすれば、決して夢ではない。三年目で才能が開花した勇樹は、以前にもましてアメリカ行きを現実のものとして意識し始めたのではないか。となると結婚相手も条件が付く。海外生活でも困らない英語力と、遠征が多い夫の家庭を守るマネージメント力と、そして美貌だ。

なんだかふいにパズルが解けた気がした。勇樹は、メジャーリーグを意識するようになり、麻衣子を値踏みした。この女じゃアメリカ生活は無理だろう。そこへ帰国子女の女子アナが現れた。英語が堪能で、だいいち海外生活の経験がある。自分だって頼れる。さらには美人――。

麻衣子はいきなり鼻の奥がつんと来た。いけないと思い、バッグを手に席を立つ。顔を伏せ、「ちょっと」と言ってトイレに駆け込んだ。

個室のドアを閉めるなり、大粒の涙がこぼれてきた。堤防が決壊したかのように涙が溢れ出てくる。まったくなんてざまだ。おいしい思いをいっぱいしてきたわたしが、負け組に回るとは。このわたしが値踏みされ、捨てられるとは――。自己憐憫に苛《さいな》まれ、麻衣子はしばらく泣き続けた。

「ねえ、麻衣子?」

ドアがノックされ、加奈が呼んでいた。

「何?」

「どうかした? 気分悪いの?」

「何でもない」

麻衣子は涙をぬぐい、エイッとおなかに力を込めた。ドアを開ける。麻衣子の顔を見るなり、加奈が「どうしたの?」と心配そうにのぞき込んだ。きっとメイクがめちゃめちゃなのだろう。

「だから何でもない」

麻衣子が語気強く言い、個室を出る。友人だから何か感じ取ったのか、加奈はそれ以上聞いてこなかった。

「帰るのなら、適当に言い訳しといてあげるけど」

「うん……」

麻衣子は返事を濁して、鏡の前でメイクを直した。その様子を加奈がうしろから見つめている。

「ねえ、男性陣の中に一人、日本橋の老舗《しにせ》呉服屋の跡取り息子がいたよ。聞いたら、五年間は銀行に勤務して、そのあと家業を継ぐんだって」

加奈がそう言って、呉服店の名前を挙げた。

「うっそー。超老舗じゃん。わたしだって知ってる」

「だから帰ると損だよ」

「いつ帰るって言った？」麻衣子が振り向く。涙はすっかり乾いた。「呉服屋ってことは海外勤務もなしか。よしよし」

「何のこと？」

「何でもない」

自分に気合を入れ、テーブルに戻った。

これは失恋なんかじゃない。だって値踏みはお互い様だから。勝負に負けただけのこと――。麻衣子は、今夜は飲むと決めた。

5

翌週、ＩＴ企業の経営者が集まるシンポジウムの司会の仕事があった。大事なクライアントなので、社長の内藤も顔を見せた。内藤は、たくさんの関係者に挨拶を済ませると、麻衣子のところへ来て「ようっ」と男みたいに声をかけてきた。

「元気そうじゃん。肌の色艶《いろつや》もいいし」

麻衣子の顔をのぞき込み、明るい声を発する。

「おかげさまで。ねえ社長、何でもやりますから、テレビの仕事もお願いします」

麻衣子が慇懃《いんぎん》に言った。今は自分のキャリアを伸ばしたい気分である。

「わかった。売り込んでみる。麻衣子、司会うまくなったもんね」

内藤が笑って言った。

司会を褒められて麻衣子はうれしくなった。上を目指す気になったのは、ふっきれたからである。勇樹とはメールのやり取りもしていない。自然消滅ならそれでいいと思っている。

「ところでさあ、麻衣子。原宿の占い師の店には行かなかったの？」

内藤が異なことを聞いた。

「どういうことですか？」

「わたし、三日前に行ったのよ。そこで先生に、うちの浅野麻衣子がお世話になったようですが、どうですか彼女の運勢はって聞いたの。そしたら先生、そういう人は来てないけどって」

「えっ？　わたし三度も行ってますよ」

麻衣子は眉をひそめて答えた。

「うそ。どういうこと？　占い師の店って、竹下通りのクレープ屋さんの二階でしょ？」

「はあ？　クレープ屋？　何ですかそれ。社長の描いた地図にクレープ屋なんてひとことも書いてなかったですよ。地図だと、一本路地を入って急な坂を上ったところにある古いビルの二階でしょう」

「急な坂？　あんた、どこに行ったの？」

今度は内藤が眉をひそめた。

「看板も出てない怪しげなオフィスで、そこには若い女の占い師がいて……」

「ちょっと待った。若い女？　私が紹介した先生は五十過ぎのおばさんだよ。麻衣子、どこへ行ったのよ」

内藤が言葉を遮り、麻衣子は絶句した。これはどういうことか。自分は間違えて、別の占い師の店に通っていたということか――。

「わたし、もしかしたら、ちがう所に行ってたかもしれない……」

「麻衣子はそそっかしいねえ」と内藤。

「はあ？　社長の描く地図がいい加減だからでしょう」麻衣子が憤慨して言い返した。

「あんた、人のせいにしないの。まあ、いいや。麻衣子、元気そうだから。結果オーライだね」

内藤は苦笑すると、「じゃあ一日頑張って」と麻衣子の肩を叩き去って行った。

麻衣子はキツネにつままれたような気分だった。間違えて入ったとして、あの鏡子という占い師は、どうして自分のことを知っていたのだろう。確か、元ミスコンの女王とか、過去の経歴まで言われたことがある。占いで当てたのか？　そんなことってあるのか？

麻衣子がしあわせになりますように――。鏡子が最後に言った言葉が、頭の中で響いている。

麻衣子は仕事を終えるなり、原宿に行った。日が暮れた竹下通りは、若い子や外国人観光客で溢れ返っている。

鏡子に無性に会いたかった。会って、たくさんおしゃべりをしたい。今思えば、鏡子に自分をさらけ出して、気持ちが楽になったのだ。鏡子には何を言われても、もう腹が立たなかった。

路地に入り、坂道を上り、古い雑居ビルを見上げると、いつものビルはあった。ただしどの窓にも電気は点いていない。そして入り口は板が打ち付けられ、人が入れないよう閉ざされていた。板には貼り紙がある。顔を近づけて見ると、数日後にはこのビルの解体工事が始まるとの旨《むね》が書かれていた。

麻衣子は唖然《あぜん》とした。ビルがなくなるということは、鏡子は引っ越したのか。オフィスを移転するなんて、ひとことも言ってなかった。

麻衣子は坂道を下り、すぐ脇にあるアクセサリー・ショップに入った。店長をつかまえ、裏の古いビルはいつ閉鎖されたのかと聞く。すると、「三月くらいだったと思うけど」という信じられない答えが返ってきた。三月って、自分が初めて行ったときより、ずっと前ではないか。

何かの間違いではないかと、尚も聞くと、あのビルはもう一年以上前からテナントが入っておらず、廃屋同然だったという。

「権利関係がやっと片付いて、それで取り壊しが始まるみたいですよ」

店長の言葉が、麻衣子の耳を素通りしていった。

麻衣子はもう一度、ビルの前に立った。鏡子がいたはずの部屋の窓を見上げる。自分は幻覚でも見ていたのか。あるいは異空間に迷い込んでいたのか。

ひとつはっきりしているのは、鏡子は、麻衣子の性格をすべて見通していたことだ。そして受け入れてくれた。説教なんかしなかった。ときに呆れながらも、わかるわかると、相槌《あいづち》を打ってくれた。鏡子は、まるで自分だった。

もしかして、わたしは自分自身を鏡に映し、もう一人の自分と対話していたのではないか。麻衣子はそんな想像をし、鳥肌が立った。

男とちがって、女の人生は何通りもある。だから、どれを選んでも別の人生があったのではと思えてくる。もう一人の自分が、どこかにいるんじゃないかと思えてくる。

おーい、鏡子――。窓を見上げたまま、心の中で呼びかけた。わたし、上を目指すよ。玉の輿も諦めないからね――。

空から笑い声が降ってきた気がした。

コロナと潜水服

1

五歳になる息子・海彦《うみひこ》が不思議な能力を持っているらしいと気づいたのは、ここ数週間のことである。新型コロナウイルスという感染症が、いかにも発生しそうな国で突如発生し、瞬《またた》く間に世界に広まったため、人類は用のある者以外、全員外出禁止もしくは自粛という初めての生活様式を強《し》いられていた。そんな中、三十五歳の会社員・渡辺康彦《わたなべやすひこ》も、とくに用がないため、会社から在宅勤務を命ぜられていた。日がな一日家にいてテレワークに勤《いそ》しむ中、必然的に息子と過ごす時間も増え、くたびれるほど相手をしていたところ、息子がある日突然、「バアバにスマホして」と言い出したのである。康彦の両親は、実家のある岐阜県に住んでいる。

「バアバにスマホ？　お話ししたいの？」

「いいからスマホして！」

息子が上司のように命令するので、康彦は気圧《けお》された形で実家にテレビ電話をかけた。

この前帰省したとき、両親のスマホにアプリをインストールしておいたので、ジイジもバアバもテレビ電話を使えるようになっていた。

電話に出た母は、孫からのテレビ電話に相好を崩し、「海彦クン、元気？」と問いかけたが、息子はそれには答えず、「バアバ、今日はお出かけしちゃダメ！」と、大きな声で呼びかけた。

「えっ、何？　なんの話？」

「バアバ、今日はお出かけしちゃダメ！」

息子が尚も繰り返す。

「康彦、どうかしたの？　なんかあった？」

孫では埒《らち》が明かないと思った母が康彦に聞いた。

「さあ、わからん。海彦が突然、バアバにスマホしてって言うで、それで電話したんやわ」

康彦が答えた。両親と話すときは、何年経っても岐阜弁が出る。

「ふうん。そうか。なんやろうね」母が、子供のすることはわからないとばかりに、おかしそうに笑っている。「ところで東京はどうやね。昨日もたくさん感染者が出とったけど」

母が聞いた。ここ最近は、誰と話すときでもコロナが挨拶代わりである。

「そうやて。東京は大変やて。みんなテレワークで家に閉じ籠《こも》っとるわ。ぼくももう二週間、会社には行っとらん」

「そうかね。あんたらはええねえ。パソコンがあればどこでも仕事ができるで。真理子《まりこ》さんも家におるの？」

「真理子は出勤。区役所の福祉課やでどうしても出んならんわ」

「そうかね。そら心配やね」

母がいかにも心配そうに眉を下げた。妻の真理子は妊娠六カ月の身重なのである。

「外から帰ってくると、どこにも触れずに、洗面所に直行して、手洗いとうがいやわ。海彦を抱き上げるのはその後や」

康彦が言った。今や家族全員、手洗いとうがいは欠かせないものになっている。

「そうかね。そういうのが大事やね」

「岐阜はどうなんや。そっちも心配やけど」

「こっちは普段通りやわ。大垣《おおがき》で二人感染者が出たけど、もう二週間も前のことやで。ここら辺は誰もマスクなんかしとらん」

「そうか。でも気をつけなあかんよ」

「ねえ、バアバ！　話聞いて！」

康彦を押しのけ、息子が大声を上げた。

「ああゴメン。なんやったね」と母。

「今日は出かけちゃダメ!」

息子が三度目の声を上げた。

「どうして?」

「どうしても!」

息子は拳《こぶし》を固く握りしめ、スマホに向かって仁王立ちしている。

「おかあさん、今日はどこか出かけるの?」康彦が聞いた。

「うん。長良《ながら》のスポーツジムのレッスン室を借りて、コーラス・サークルの練習があるでね」

母が困ったような顔で言った。

「それ、やめた方がいいんじゃない。安倍《あべ》総理も不要不急の外出は控えるように言っとるし。密閉空間やし」

「そんでもおかあさん、月に二回の楽しみやもん。コーラスだけやなて、おばさん同士でおしゃべりするのも楽しいし」

「あかんて。ぼくは賛成せん。おかあさんたちみたいな高齢者は、発症すると重症化するってニュースで言っとるやないか。今回は休んだ方がええて」

「そうやねえ……」母が逡巡《しゅんじゅん》している。

「誰と話しとるんや」そこへ父が現れた。スマホをのぞき込み「おう、康彦か」と白い歯を見せる。康彦は経緯を話し、父にも外出を控えるよう説いた。

「おれはどこにも行っとらんて。ゴルフ場も図書館も閉まっとるし。おーい、海彦クン。元気でおるか」

　孫に向かって手を振る。

「ジイジも出かけちゃダメ！」

「わかった、わかった。海彦クンはやさしいなあ。ジイジとバアバの心配してくれて。バアバも家におるで安心して」

「おかあさん、休んでくれる？」と康彦。

「わかった。海彦クンが言うなら聞いたるわ」

　なんとなく息子が言い負かした形になり、母は外出を取りやめた。

　そんなやり取りがあった翌週、母が参加するはずだったコーラス・サークルから新型コロナウイルスの感染者が出た。さらには参加者の家族からも感染者が多数出て、クラスター（集団感染）が発生した——。

そのときは驚いた母から電話があった。

「海彦クンが止めてくれなんだら、おかあさん、コロナに罹《かか》っとったわ」

母が、九死に一生を得たとばかりに、興奮した口調でまくし立てる。なんでも感染した人は全員顔見知りで、会えば一時間でも二時間でもおしゃべりする間柄だったらしい。つまり、参加していればかなりの確率で母も感染していたのだ。そして、「でも、なんで海彦クン、わたしが出かけることわかったんやろうね」と、もっともな疑問を口にした。

「偶然なんやないの？」と康彦。

「ううん。タイミングが良過ぎる。だって一時間電話が遅かったら、おかあさん、出かけとったもん。これは神様のお導きやて。神様が海彦クンに乗り移って救ってくれたんやて」

「そうかなあ」

康彦は、母の大袈裟《おおげさ》なたとえに苦笑したが、オカルトめいた想像を抱いたのも事実だった。バアバにスマホして、と叫んだ息子の表情は、何かに取り憑《つ》かれたように、真剣そのものだったのだ。

不思議な出来事はその後も続いた。

外出自粛を求められても、小さな子供が一日家の中で過ごすことは難しい。康彦は、一時間だけと決めて、息子を外で遊ばせていた。そんなある日、いつもの公園へ連れて行き、遊具で遊ばせていたところ、鉄棒を前にして急に息子の笑顔が消え、その場に立ち尽くしたのである。

「海彦、どうした？　鉄棒やらないの？」

康彦が聞いた。息子は、逆上がりはまだできないが、自分の背丈より高い鉄棒にぶら下がって振り子のように体を揺らす遊びが大好きだった。

「やだ。やらない」

「どうして？」

「どうしても！」

息子は背の高い鉄棒を、まるで悪い怪獣に対するように睨《にら》みつけ、大きな声を発した。

康彦はわけがわからなかった。ほかの子供たちは賑やかに鉄棒で遊んでいるというのに。仕方がないので滑り台に連れて行くと、そこではほかの子供たちに交じって遊びに興じていた。無邪気な笑顔と歓声はいつも通りの海彦である。

そして、近くのベンチが空いたので、そこに腰かけようと歩き出したとき、息子が滑り台の上で「ダメーッ！」と大声を発した。何事かとほかの子や親たちも振り向いた。

「パパ、そこに座っちゃダメ！」

康彦は、その血相の変え方に見覚えがあった。岐阜の祖母に電話をすると言い出したときと同じ顔だ。

息子は滑り台を滑り降りると、一目散に康彦のところまで走り寄り、腕を取った。

「もう帰る」

「帰るの？　来たばかりじゃないか」

「いいから帰る！」

息子が、全体重をかけて康彦の腕を引っ張る。康彦は仕方がないので従い、家に帰ることにした。いったい我が息子は、いつからこんなに強情になったのか。どちらかと言えば優柔不断で、「どっちでもいい」が口癖《くちぐせ》の子供だったのに。そして翌日、公園のすぐ横にあるワンルーム・マンションから、新型コロナウイルスの感染者が出た――。

くだんのマンションは民泊施設として多くの訪日外国人が出入りする建物で、夜になると外国人の若者たちが公園でビールを飲み、騒ぐので、近隣住民の一一〇番通報により何度もパトカーが出動していた。どうやらその外国人の中から感染者が出たらしい。そのため、ただちに保健所の職員が駆け付け、公園の遊具やベンチを念入りに消毒し、使用禁止とした。

康彦は、それを知ったとき全身に鳥肌が立った。鉄棒とベンチは感染者の訪日外国人が触れていたのではないか。息子は一瞬にしてそれを察知した——。母の件といい、公園の件といい、偶然と片付けるにはあまりに話ができ過ぎている。我が息子には、新型コロナウイルスを感知する超能力があるのではないか。

妻に話すと、リアリズムこそが知性と信じている彼女は、「は？」と眉間《みけん》に皺《しわ》を寄せ、何か珍しい生き物を見るような目をした。その場にいなかった人間には、にわかには信じ難い話なのだろう。どちらかというと、妻は夫を心配したようで、「毎日家にいるって大変？」と康彦の顔をのぞき込んで言った。

「いいや。海彦とこんなに一緒に時間を過ごすのは初めてだし、料理も苦じゃないし、結構楽しんでるけどね」

「あ、そう。でも無理しちゃだめよ。在宅勤務でノイローゼになりそうな人、いっぱいいるみたいだから。誰とも口を利かない毎日って、きっと人を不安にさせるのね」

「いや、べつにおれは平気だけど。どちらかと言うと、人と接するストレスがなくなっていいかなって……」

「でもさあ、コロナって人の本性を暴《あば》くわね。うちの職場でも、窓口業務をアルバイト職員に押し付けて自分は書類にも触らない課長とか、自分だけ自家用車通勤して駐車場代を経費に紛れ込ませようとする部長とか、そういう卑怯者《ひきょうもの》が続出してる。わたし、コロナが収まったら真っ先に糾弾《きゅうだん》してやろうと思ってるんだけど」

妻は康彦の話を聞かず、職場の不満をとうとうと述べ立てるのだった。

ともあれ、真相は謎でも、海彦がバアバとパパを新型コロナウイルスから守ったことは厳然たる事実である。

「海彦、コロナってわかる？」

康彦が聞くと、返ってきた答えは「うん。チョコの入ったラッパみたいなパン」だった。通常なら、それはコロネだろうと突っ込むところだが、相手は五歳児なのでやめておいた。認識はしていないようだ。

2

テレワークが日常となった康彦の毎日はいたって単調である。朝の六時に起きると、妻の作った朝食を食べ、後片付けは自分がする。妻は通勤ラッシュを避けるため、七時には家を出た。多くの企業が社員の出社制限をしているため、首都圏の通勤客は半減しているが、それでも感染リスクを減らしたいようだ。

康彦は妻を送り出すと、洗濯と掃除をした。一人暮らしが長かったので、家事は苦にならない。アマゾンミュージックでミルトン・ナシメントなんぞをランダム再生させながら、鼻歌交じりに洗濯物を干していたりすると、自分は主夫に向いているのではないか、などと思ったりもする。

保育園が休園中なので、その後は息子と二人きりの時間となった。まずはテレビをつけ、朝のワイドショーにチャンネルを合わせる。新型コロナウイルスが世界を覆いつくしてからというもの、テレビはコロナ一色である。康彦も、普段はあまりテレビを観ないのに、在宅勤務になって以降はテレビばかり観ていた。きっと同僚たちも一緒だろう。

息子は、もちろんワイドショーなどには関心を示さず、朝からおもちゃ箱を引っ張り出してきて、アンパンマンくみたてＤＩＹで一人遊びをしている。

「あんまり散らかさないようにね」

「わかった」

息子はモノ作りに熱中する子供のようだった。その点は妻より自分に似ている。テレビを観るといつも不安に駆られた。感染拡大は止まらず、飲食店や観光業は悲鳴を上げている。大変だなあ――。康彦は毎日誰かに同情していた。

午前九時になると、ダイニング・テーブルにノートパソコンを置き、在宅ワークに取り掛かった。まずは同じ課の同僚たちとのテレビ会議である。ただ、会議と言っても、ちゃんと家にいるかどうかを課長が確認する作業で、簡単な業務連絡を済ませると、それぞれが仕事に就いた。康彦は家電メーカーの商品企画部に所属していた。市場調査等の実務もあるが、基本的にはアイデアを出す仕事なので、テレワークにはなんの支障もなかった。会社もそのことに気づき、コロナ収束後もテレワークを推奨する構えのようだ。

康彦はパソコンに向かって企画書を書き綴《つづ》った。子供の頃から作文が得意だったので、今の部署は願ってもない配属だった。実を言うと、入社して最初は営業に配属されたが、相手の懐に飛び込む積極性と社交性のなさがすぐに露呈し、お荷物社員となった。当時の上司の下した「適性なし」という人事考課は、今もトラウマとなっている。そんな折、「いや、渡辺はぼそっとつぶやく一言が面白いから」と評価してくれる部長がいて、企画部に引っ張られたのである。会社というところは、実によくできている。康彦の作成する企画書は、読むのを楽しみにしている役員もいて、「君、作家になれよ」とまで言われていた。

部屋には息子しかいないので、仕事に集中することができた。BGMにブライアン・イーノのアンビエント音楽なんぞを流すと、雑念が消え、さらに集中力が上がる気がした。おまけに、上司に雑用を言いつけられることもなく、他部署から電話もかかってこないいため、会社にいるより仕事がはかどるほどだった。息子はおもちゃに飽きるとお絵描きをしていた。義理の父が外国製の高価なクレヨン・セットを買ってくれたので、それで自由奔放な絵を描いている。

そしてあっと言う間に昼が来て、父子で昼食をとる。メニューは毎日素麺《そうめん》だ。日本人の昼食は素麺と国会で決まりました、と教え込んだら、息子は簡単に信じてくれた。保育園が再開したら、パパはうそをついたと怒り出すだろう。

昼食を終えると、またしてもテレビを観た。コロナ騒動で気づいてみれば、日本のテレビ番組は朝から晩までワイドショーで、どのチャンネルを選んでも同じことをやっていた。出てくるコメンテーターもほぼ一緒だ。感染症の専門家たちは、まさか自分が有名人になる日が来るとは思ってもみなかっただろう。

午後一時になると息子と外に出かけた。本来なら就業時間中なので、仕事をサボることになるが、特段疚《やま》しさはなかった。きっと同僚たちも適当に息抜きをしているはずだ。

政府と東京都の外出自粛要請を破ることにもなるが、密を避ければいいと思っていた。五歳の子供を抱えて、一日家の中にいろというのは無理なのである。広い庭のある戸建てならまだしも、康彦が住むのは２ＬＤＫのマンションだ。

いつもの公園が遊具使用禁止になったので、自家用車で湾岸エリアまで行くことにした。

どうせ誰もいないだろうから、人目を気にする必要もない。それに今日は、雲ひとつない晴天だ。

独身時代から乗っている中古のボルボで東京の街を走った。お盆よりも正月よりも道が空いていて、まるでSF映画の世界のようだった。出歩く人もほとんどおらず、たまに見かけるのは、休校で退屈しきった子供たちばかりである。

首都高速に乗り、上下左右に曲がりくねったレーンを走行した。康彦はタルコフスキー監督作『惑星ソラリス』の有名なシーンを思い出し、ますます現実感が薄れていった。まさか自分の人生で、こんな光景を目にする日が来るとは夢にも思わなかった。第二次世界大戦以降では、もっとも大きな世界的事件が今起きている。

台場で首都高速を降り、埋め立て地の人工都市を走る。商業施設がすべて休業中なので、見事に無人の街だった。「うっひゃー」康彦は思わず声を上げた。

「海彦、パパと二人で貸し切りだな」

「カシキリって?」

「ほかに人がいないこと」

「あそこにいる」

息子が指さす先に、警備員が立っていた。

「そりゃ一人くらいいるだろう」

「あそこにもいる」

そこには宅配便の配送員がいた。

「揚げ足取るなよ」

「アゲアシって？」

息子との会話は、案外気が休まる。

駐車場も閉鎖しているので路上に車を停め、人工の砂浜海岸まで歩いた。地元民と思われる親子連れが何人かいて、距離を保ちつつ、水遊びをしている。海彦も水に浸かりたいと言うので、靴を脱がせ、波際で遊ばせた。湾を挟んだ東京のビル群を眺め、改めて巨大都市の威容に圧倒された。これを造り上げた人類の叡知《えいち》のなんと偉大なことか。そして視線をさらに上げ、空の青さに驚愕《きょうがく》した。

そうか、車が走っていないから排気ガスが発生せず、本来の空の色を取り戻したのか。それを思うと、コロナの世界的感染は、地球を一度きれいにしようと神様が仕組んだことなのではないかと、そんな想像まで湧いて来る。康彦は、この青空を目に焼き付けておこうと思った。一生に一度の青空かもしれない。

長い昼休みを終え、午後三時に帰宅した。まずは洗面所に直行して手洗いとうがい。すっかり習慣になり、欠かすことはない。その後、息子はお昼寝で、康彦は再びパソコンに向かう。静かになったので、一層集中力が高まった。そして午後五時になると、テレビ会議が始まり、同僚たちと業務連絡を交わした。もっとも仕事の話は十分程度で、あとはコロナの話題である。康彦の会社では営業部から感染者が一名出ており、同じ部署の社員は全員が自主隔離を求められていた。もはやコロナは他人事ではなく、身近な危機なのだ。

テレビ会議を終えると、一日の在宅勤務は終了である。それと歩調を合わせるように妻が帰宅する。出勤が早い分、終業も早くしているようだ。

妻がキッチンで夕飯の支度をする中、康彦はリビングで夕方のニュースを観ていた。夕方になると気になるのは、今日の東京の新規感染者数である。ほどなくして、速報のテロップが出た。思わず身を乗り出す。《201人》という数字が映し出され、康彦はショックを受けた。これまでの最多人数である。

「ねえ。今日は二百一人だって」

キッチンに向けて声を上げると、妻は調理を中断してリビングに駆けてきた。テレビ画面を凝視《ぎょうし》し、「はあー」と嘆息《たんそく》を漏らす。

「やっぱ、この前の三連休でみんな緩《ゆる》んじゃったのよね。あの頃はまだ危機感がなかったから」

妻が言った。新型コロナウイルスは潜伏期間が最長で二週間とされている。今日発見された感染者は、二週間以内に感染した人たちなのだ。

「どうなるんだろうね、日本は」康彦がひとりごちる。

感染症は自己責任では済まないため、他人の行動にまで気を揉《も》まされた。テレビでは連日、休業要請に応じないパチンコ店とそこに押し寄せる客たちを報道していた。それを見るたび、妻と二人で腹を立てている。

そのとき、おもちゃで一人遊びしていた息子が、すたすたとテレビの前まで歩き、画面のニュースキャスターに向かって「おうちにいなきゃダメ！」と声を張り上げた。

「この人はお仕事。だから外出自粛の対象ではありません」

康彦が、どうせわからないだろうと思いつつも説明する。

「おうちにいなきゃダメだって！」

モニター画面の顔を指でつついて尚も叫ぶ。

「わかった。わかった。さあ、御飯食べよ」

腕を引っ張ると、息子は足を踏ん張って抵抗し、キャスターを凝視していた。まったくいつからこんなに強情になったのか。五歳児は考えていることがわからない。

その数日後、驚きのニュースが流れた。息子がテレビを観て叫んだ番組のニュースキャスターが、新型コロナウイルスに感染していたことが判明したのである。報道によると、ニュースキャスターは発熱と強い倦怠感《けんたいかん》が続き、病院で検査を受けたところ陽性と出たらしい。有名人だけに世間は大騒ぎである。康彦は、鳥肌が立つと同時に確信した。海彦は、そのことがわかっていてテレビに向かって警告を発したのではないか。我が息子は、この感染症に対して、予知と感知の能力を持ち合わせている――。

妻にそのことを話すと、以前にも増して眉をひそめ、しばらく考え込んでいた。こんなオカルトめいた話を、息子と重ね合わせたくない気持ちは充分理解できる。

「偶然じゃないの。海彦は普通の子だよ」

「そりゃそうだけど、テレビの件は君だって見てただろう。偶然が三度も重なると、何か運命的なものでもあるんじゃないかと……」

「運命的って？」

「海彦は、神様が寄越《よこ》した人類の救世主だった、とか」

「あのさあ、その話、よそでしないようにしてね」

「そりゃまあ、今は話す相手もいないし……」

妻は康彦の額に手を当てると、「熱はないようだし」とひとりごとを言い、去って行った。当面は父と子二人の秘密にした方がよさそうである。

3

感染者数が一向に減らない中、とうとう政府が緊急事態宣言を発出した。総理がテレビで国民に訴えかけた内容は、商業施設のさらなる営業自粛、人との接触を八割減らす、他府県に移動しないといったもので、現代人の日常を根底から覆す要請だった。それにより経済は大打撃を食らい、失業者が続出した。ニュースは暗い話題ばかりである。

康彦の会社もテレワーク継続の方針が打ち出され、もう一月《ひとつき》以上、同僚たちと顔を合わせていなかった。毎日のテレビ会議で話すことは、「この先どうなるんだろうね」という不安ばかりである。

「でも、おれらはマシだよ。失業を免れてるんだから」

六つに分割されたパソコン画面の一コマで同僚の一人が言った。

「そうそう。テレワークができるっていうのも、特権みたいなものだし」

「同感。工場勤務の人たちは毎日通勤しなきゃならないわけで、電車に乗ること自体が感染リスクなんだよね」

みなが口々に同意する。連日困っている人をテレビで観ているせいか、自分たちの不便など些末《さまつ》なものだと思うようになった。自宅で仕事ができるだけで感謝の気持ちが湧いてくる。

「ところで、××社の新しいソフトウェアの講習、そろそろ受けに行かないとまずいんだけど、誰か行ってくれない？」

課長が言いにくそうに言った。

「この時期にやるんですか？」全員が異を唱えた。

「先月一度キャンセルしているし、先方は早く済ませたいみたいで、土日でもいいから受けてくれって……」

誰も返事をしなかった。長く家にいると、ますます外出が怖くなるのである。康彦も電車には一月以上乗っていない。

「じゃあジャンケン。それで決めよう」

課長の提案に渋々従った。初めて経験するテレビ会議でジャンケンである。ジャンケンポン！　あいこでショ！　康彦が負けた。

「渡辺、頼むわ。コロナが明けたら昼飯奢《おご》るから」

課長が両手を合わせて拝む。康彦は、「じゃあ鰻で」と憎々しげに言い返し、テレビ会議のスイッチを切った。

テレワークによって変わったのは、職場の人間関係が逆に濃くなったことである。分割画面の課長の背景で、そっくりの顔をした小学六年生の息子が「おとうさん、何してるの」とパソコンをのぞき込んだときは、全員が噴き出した。生活が垣間《かいま》見えると、なんだか親しみが湧くのである。コロナのおかげで、今の日本人はいろんな発見をしつつある。

日曜日、妻に息子の世話を頼んで新しいソフトウェアの講習に出かけた。最寄り駅から私鉄に乗り、渋谷で地下鉄に乗り換える。出歩く人は日増しに少なくなり、時間が止まったようだった。康彦は日本人の生真面目《きまじめ》さに感心した。政府の要請だけで、多くの国民が言うことを聞くのである。テレビで観たニュースでは、インドの警察官が出歩く国民を鞭《むち》でしばいていた。それはそれで痛快ではあるのだが。

先方の社に到着し、案内されると、そこは狭い会議室だった。窓も開かない密閉空間である。康彦は不安な気持ちが膨らんだ。

「どうも、どうも。お休みの日にすいません」

そして現れた担当者はマスクをしていなかった。脂ぎった小太りの青年で、額に汗を浮かせている。おまけによくしゃべった。

「今回のソフトウェアは、ダイアグラムがより充実しておりまして、企画書等に有用なネットワーク構造図や組織図などが簡単に作成できるようになっています。さらには……」

担当者が矢継ぎ早に言葉を繰り出す。

声がでかい。マン・ツー・マンだからささやくだけでいいだろう。康彦は注意したかったが、言いそびれてしまった。

そしてすぐ隣に腰かけ、体が密着するような距離でキーボード操作の手本を示した。えっ、おたくと同じキーボードを触るの？　これも言い出せない。

「おわかりでしょうか。コーディングした内容をブラウザで確認しながら進行させられますので、ミスが少なくなるという利点がありまして……」

おい、近づきすぎだろう。今は若い娘相手でも距離を置いてほしいときなのに。康彦は体を反対方向に傾けた。

「初心者の方には難しいかもしれませんが、お客様のようなプロなら難なく使いこなせる仕様です。エラーチェックも万全ですし。あははは」

おい、笑うところじゃないだろう。部屋中にあんたの飛沫《ひまつ》が舞ってるぞ。康彦は思わず呼吸を止めた。どうして世の中には、こういう無神経な人間が一定数存在するのか――。

一時間近い講習を終えると、康彦は一目散に最寄りのコンビニに駆け込んだ。ペットボトルの水を二本買い求め、外に出て一本で手を洗い、もう一本でうがいをした。康彦の中で、いやな予感が頭をもたげる。さっきの担当者は無自覚な感染者なのではないか。汗をかいていたし、やたらと咳《せき》もしていたし……。

そう思ったら背筋がひんやりした。都内の感染者数は今のところ五千人程度だが、それは検査数が少ないからで、実際は十万人以上いるのではないかとネットのニュースは言っていた。百人に一人は感染者と見た方がいい。要するに、一度外出すれば、かなりの確率で感染者と接触するのだ。

康彦は早足で家路を急いだ。たまには外でラーメンでも食べようかと思っていたが、そんな気は失《う》せた。

帰宅すると、玄関から風呂場に直行した。

「ママー、着替え持ってきて」

奥の部屋に向かって声を上げる。

「どうしたの？」妻が何事かと出て来た。

「近寄っちゃだめ。服にウイルスが付着してるかもしれないから」

「講習に行って、盛大に他人の飛沫を浴びてきた」

「何かあった？」

「あら、そう。大変ね」

妻は苦笑して、康彦の下着を持ってきた。

シャワーを浴び、新しい下着と部屋着に着替えてリビングに行くと、息子がテレビゲームに興じていた。

「海彦、パパにおかえりなさいは」と妻。息子が康彦の方を振り返る。ゲームのコントローラーを置き、立ち上がり、駆け寄りかけたところで急に動きを止めた。

「どうしたの？」

康彦が、抱き止めるつもりで両手を広げるが、息子はそれに応じない。そして二メートルほど離れた場所から「パパ、出かけちゃダメ！」と叫んだ。

「今帰ってきたところだって。もう家にいるよ」

「出かけちゃダメ！」語気強くその言葉を繰り返す。

康彦ははっとした。息子の表情は、過去に三回コロナを感知したときと同じ顔つきなのだ。

するすると血の気が引いた。自分は新型コロナウイルスに感染しているのか——？

「パパ。晩御飯、カレーだけどいい？　ほかのものが食べたきゃ何か作るけど」

妻がすぐうしろで言った。

「離れて」

「は？　どうしたの？」

「離れて。近寄らないで！」

康彦は思わず大声を出し、慌てて手で口をふさいだ。妊娠中の妻に飛沫を浴びせてはならない。

「どうしたのよ」

妻が訝《いぶか》る中、康彦は部屋の中を見回した。一刻も早く、妻と子供と別の空間に自分を隔離しなければならない。

「下がって、下がって」

妻に手で下がるよう指示を出し、康彦は急いでリビングダイニングを出た。廊下を進み、やがて海彦と二人目の子の子供部屋になるであろう、しかし今は物置になっている六畳間に入り、ドアを閉めた。

「ねえ、どうしたのよ」廊下から妻が問いかけてくる。

「おれ、コロナに感染したみたい」

「はあ？　どうしてわかるの？」

「海彦が感知した。だからおれに近寄らなかった」

「……大丈夫？」

「大丈夫じゃない。これからおれはコロナの潜伏期間とされる二週間の自主隔離に入る。絶対部屋に入って来ないように」

「ねえ、少し落ち着いたら？」

「おれは落ち着いてるって。まずはこの部屋のドアノブを大至急、消毒して。今、おれ触っちゃったから。それからどこかで防護服とゴーグルを買ってきて。今後、この部屋から出るときはトイレでもおれは防護服を着る」

「防護服なんてどこに売ってるのよ。ニュースでは、そういうの、全部品切れ状態だって言ってるじゃない」

「じゃあ雨合羽《あまがっぱ》でもいい。とにかく、防護服の代わりになるやつ」

康彦が懸命に訴えると、妻はしばし沈黙したのち、「わかった。じゃあ部屋の中にいてね。海彦連れて、探してくる」と乾いた声で言った。

康彦はじっとしていられず、狭い部屋の中を右往左往した。さあ困った。明日からどうやって暮らせばいいのか。妻は仕事で家にはいられない。互いの実家は遠方で、息子を預ける先もない。自分が防護服を着て、息子に食事をさせ、散歩に連れていく、それしか方法はない。

さらには発症の心配もしなくてはならない。報道によれば三十代で重症化するケースは少ないようだが、可能性はゼロではない。肺炎になったら入院は免れないだろう。いや、それよりも重要なのは妊娠中の妻と息子に感染させないことだ。家族をなんとしても守らなくてはならない。人生最大のピンチだ。

康彦は体の震えが止まらなかった。

一時間後、妻と息子が帰ってきた。

「あのさあ、ホームセンターとスーパーを回ったけど、防護服どころか雨合羽も売り切れだった。でね、たまたま帰り道に古道具屋さんがあって、のぞいてみたら、代用品になりそうな物があったから、一応買って来たんだけど……」

ドア越しに妻が、なにやら歯切れの悪い口調で言う。

「わかった。ドアの前に置いといて。それから、御飯も一緒には食べられないから、今後は廊下に置くこと。悪いけどお願い」

「わかった……」

どさりと何かを置いた音がする。妻が離れたことを足音で確認し、康彦はドアを開けた。足元を見ると、そこにあったのは、昔の映画で観たような旧式の潜水服一式だった。しばし呆然とする。

まあ、いいか。非常事態なのだから仕方がない。

4

どうやら妻が買ってきた潜水服は、かつて海底での建設作業時に使用したものらしかった。ゴム引きの帆布《はんぷ》のつなぎに、丸いガラス窓がある球形のヘルメットが別に用意されている。試しに着用してみたら宇宙服のようでもあった。そして見た目以上の重さに足元がふらついた。浮力がある海中での使用を想定しているので、軽量化の必要などないのだろう。

自主隔離を始めた翌朝、康彦の潜水服姿を見て、妻は眉を八の字にして何か言った。

「えっ？　何？　聞こえない」

密閉式のヘルメットなので、聞き取りにくいのである。

「苦しくないの？」妻が大声で聞く。

「大丈夫。後頭部に酸素を送り込むためのダクトがあるから、酸欠にはならない」

「ヘルメットは必要ないんじゃないの？　マスクで充分でしょう」

「いや、マスクじゃ完全に飛沫は防げない。だいいち、おれはマスクをしてたのに、講習会でよくしゃべる男にコロナをうつされた」

「まだ感染したと決まったわけじゃ……。だいいち熱も倦怠感もないんでしょ？」

「これから来るの」

康彦が真顔で訴えると、妻は小さく鼻息を漏らした。

「じゃあ、わたし出勤するけど、海彦を頼むね。何か欲しいものある？」

「尿瓶《しびん》が欲しい。トイレに行くのに、毎回潜水服を着るのは面倒だから」

「……わかった。足ヒレは？」

「足ヒレ？」

「それがあるとコーディネイト完成でしょう」

康彦はむっとしたが、言い返すのはやめた。今、妻に機嫌を損《そこ》ねられるとますます不便を強《し》いられる。

「ねえ、ママ。ぼくもこれ着たい」

一方、息子は潜水服が気に入った様子だった。

「だめ。子供用はありません」

「ちぇっ。つまんないの」

そう言って、康彦の潜水服を引っ張ったり叩いたりしている。平気で触っているところを見ると、防護されているから感染の危険がないと感知したのだろう。

隔離部屋にパソコンを持ち込み、まずは朝のテレビ会議に臨んだ。同僚や上司に言うべきか迷ったが、何か助けが得られるのではないかとの期待もあり、正直に打ち明けた。

最初は心配顔で聞いていた同僚たちだが、課長が「考え過ぎなんじゃない？」と言うと、同感とばかりにうなずいた。

「みんな疑心暗鬼になってるからね」

「そうそう。濃厚接触者と決まったわけでもないし」

口々になだめようとする。康彦は息子の超能力のことも話そうかと思ったが、やめておいた。余計にメンタル面を心配されそうである。

「渡辺、少しは外に出て気分転換した方がいいぞ」と課長。

結局なかったことにされた。

仕事が手につかないので、隔離部屋でもパソコンでテレビばかり観ていた。ワイドショーは依然コロナ一色で、つい数日前、人気の芸能人がコロナに感染して亡くなったため、どの番組もそのことを報道していた。有名人が犠牲になると、国民は一気に身近なものとして感じる。康彦も衝撃を受け、胸が痛くなった。

「ねえパパ、お外で遊ぶ」

息子がドアをノックして言った。

「ゲームは?」

「もう飽きた。公園でサッカーやる」

こう言われると、相手をするしかない。

「わかった。じゃあちょっと待って」

康彦は急いで潜水服を着込んだ。

不思議なもので、この恰好で出歩くことに抵抗はなかった。今は緊急時だろうという開き直りと、防疫《ぼうえき》の大義がある。ヘルメットもちゃんと被った。手にはゴム手袋、足元は長靴である。

マンションの玄関で管理人にぎょっとされた。息子がいつものように「こんにちはー」と挨拶するので、誰かはわかった様子である。返事はなく、呆然と見送るだけだった。

五分ほど歩いて、いつもの公園に行った。遊具は使えないが、芝生のエリアがあるので、子供たちがボール遊びをしている。康彦が園内に入ると、一斉に注目を浴び、大人も子供も動きを止めた。ただ子連れなので警戒されている感じはない。

康彦は息子と二人でサッカーのパス交換をした。ほかの子供たちは興味津々の様子で、周りを取り囲んでいる。完全な見世物である。そして十分ほどするとパトカーが現れ、警察官が二名、降りてきた。誰かが通報したのだろう。当然と言えば当然である。ますます子供たちが集まってくる。

「すいません。ご主人、ちょっといいですか?」年配の警官が声をかけてきた。

「ええ、いいですよ」

「変わったコスチュームの人が公園に侵入してきたって、一一〇番通報があったものですから」

「侵入って言われると、犯罪者みたいに聞こえるけど……」

康彦は憮然として答えた。

「あのう。もしよかったらですね、その金魚鉢みたいなの、脱いで話していただけますか」

「金魚鉢って……。一応ヘルメットなんだけど」

「じゃあ、ヘルメットを脱いでいただいて……」

「それは拒否します。なぜなら、わたしは新型コロナウイルスに感染している可能性が高いからです」

コロナと聞いて、警官たちは思わず一歩下がった。顔色がみるみる変わる。

「そちらのお子さんは、ご主人の息子さんですか?」

「そうだけど」

「ぼく、この人、パパ?」警官が腰をかがめて訊ねる。

「うん。パパ」息子は屈託なく答えた。

警官が顔を見合わせ、思案に暮れている。頭のおかしな住民と思っているのだろう。

「ご主人、何か身分を証明するものをお持ちですか?」と警官。

「免許証ならあるけど」

康彦は手袋をしたままの手でベルトポーチから財布を取り出し、中から運転免許証を抜いて見せた。

「照会させていただいてよろしいですか?」

「どうぞ。あっ、手袋あります? 素手で触ると感染するかもしれないから」

康彦が言うと、警官は伸ばしかけた手を慌てて引っ込め、ポケットから白い手袋を取り出し、両手にはめた。

「じゃあ、お借りします」

一人が免許証を手にパトカーに戻る。残った一人が尋問した。

「あのう。さっき、コロナに感染しているとかおっしゃってましたが、もしかして、病院で検査したら陽性反応が出たってことですか？」

「いや。病院にはまだ行ってません。可能性が高いという段階です」

「じゃあ、感染者と濃厚接触の履歴があって、それで保健所から自宅待機を要請されたとか、そういうのですか？」

「いや。それもちがって……。何て言うか、説明が難しいんだけど、うちの息子に新型コロナウイルスの感知能力があって、それによるとわたしは感染しているらしいと……」

「はあ、なるほど……」

警官がいっそう眉間に皺を寄せ、息子と康彦を見比べている。そこへ免許証の照会をしていた警官が戻ってきた。二人で何かひそひそ話をしている。

そのとき、康彦は不意に眩暈《めまい》に襲われた。視界が白く霞《かす》み、その場にしゃがみ込む。

「ご主人、どうしました？」と警官。

「いや、ちょっと、気分が悪くて。熱中症かもしれない」

気づいてみれば、潜水服の中は汗みどろだった。初夏の陽気の下、この恰好で運動をすれば誰だって具合が悪くなる。

「そりゃあ、こんな重たいものを着てるからでしょう。ヘルメットだけでも脱いだらどうですか」

「いや、人にうつすわけにはいかないから」

康彦が拒絶すると、警官は顔を見合わせ、再びひそひそ話をした。そして振り返り、通告する。

「ご主人、事件性、事故性、共にないということで、我々は引き揚げます。ですからご主人も早く家に帰ってください。感染しているとおっしゃるのなら、家から出ないことです。そうでしょう？」

「いや、その通りです」

警官にもっともなことを言われ、康彦は力なくうなずいた。

「じゃあ、これで」

敬礼をして去って行く。警官の目はどこか憐《あわ》れみを含んだものだった。康彦は、晴れて町内の不審人物になったようである。

しばらくすると眩暈がやんだので、木陰に移動し、腰を下ろして体を休めた。子供たちは依然として康彦を取り囲み、大人の何人かはスマホのレンズを向けていた。そりゃそうだろうなあ、とひとりごちる。ネットに自分の動画が流れるのは必至と思えた。

熱中症の教訓から、これからの季節は暑さ対策が必要だと悟り、康彦は冷却ベストというものをネットで探して購入した。付属の保冷剤を冷凍庫で冷やし、ベストのポケットに入れて着用すれば、胸と背中が冷やされるという建設現場用のものだ。試してみたら実に涼しくて、その上に潜水服を着ても蒸れることはなかった。

早速《さっそく》散歩に着ていく。公園は人が多いので、ここ数日は息子を遊ばせる場所を河川敷に変えていた。歩いて十分以上かかるが、潜水服を着ての歩行にも徐々に慣れてきて、苦にはならない。

息子は、潜水服姿の父と連れ立って歩くのが好きらしく、いつも上機嫌だった。ボールを拾いに行くときなど、父親に向かって「行けーっ」と命令したりするので、言うことを聞くロボットでも手に入れた気でいるのかもしれない。

ここでも道行く人の注目を浴びた。とりわけ子供たちは遠慮がなく、すでに噂《うわさ》になっているのか、遠くから見物に来る小学生もいた。自転車数台でやって来ては、「いたーっ」と大喜びするのだ。

この日はテレビ局もやって来た。中継車が土手に停まると、テレビカメラを担いだクルーが降りてきて、断りもなくレンズを向けていた。

礼儀知らずめ――。康彦は気分を害し、その場を離れようとしたら、スーツ姿の若い男が慌てて追いかけて来た。レポーターのようだ。

「すいません。CBKの『ゴゴイチ』です。少しお話を聞かせていただけませんか」

「お断りします」

康彦は即答した。テレビに出たら、余計に野次馬を招くことになる。

「そうおっしゃらずに、顔は映しませんから。声もエフェクトをかけます」

「いやです」

「お願いしますよ。視聴者からの情報提供があったんです。公園や河川敷を潜水服姿で歩いている変な住民がいるって」

「変な住民とは失礼でしょう」

「ええ。そう思います。ですから、自分は怪しいものではないと、ちゃんと弁明した方がよいのではないかと……」

レポーターが食い下がる。いつの間にか彼の手にはマイクが握られており、そのうしろではクルーがカメラを回していた。

「ちょっと、あんたたち、強引じゃないのか」

「すいません。悪いようには報道しませんから。コロナで外出自粛が国民に要請されている中、それを無視して出歩いている人もいるわけですよね。しかしあなたは潜水服という完璧な防護服を着て外出なさっておられる。これは、感染対策でなさってるんですかね。それともコスプレなのか……」

「コスプレって、わたしはそこまで暇じゃありません。感染対策です」

「ほう。それほど注意していらっしゃると」

「あのね、わたしが感染者かもしれないの。だったら人にうつしたくないでしょう。子供だっているし。だから苦肉の策なんです」

「いや、その姿勢はご立派だと思いますよ。世の中にはパチンコ店に行列を作っている人も大勢いる。そういう人たちのこと、どう思われますか」

「知りませんよ、わたしに聞いても。自分のことで手一杯」

「ちなみに、その潜水服は、どこで手に入れたんですか」

「妻が古道具屋で買ってきたの。防護服も雨合羽も、全部売り切れなんだから仕方がないでしょう」

「奥さんは何ておっしゃってますか？」

「別に。何も言ってませんよ」

「ぼく。パパのこの恰好どう思いますか？」レポーターが息子にマイクを向けた。

「カッコいい」息子がはにかんで答える。

「ちょっと、子供を映さないでよ」

「大丈夫です。モザイクをかけますから」

結局インタビューに引きずり込まれる形となり、五分以上相手をすることになってしまった。

「あのさあ、この映像、勝手に使わないでよね」

康彦がレポーターに言った。

「そうおっしゃらずに。報道ですから」

「うそつけ。ワイドショーだろう」

「報道に見せれば飛びつきます。だから夕方のニュースには放映されるんじゃないかと」

「ちょっと待ってよ」

抗議の声を上げる康彦を尻目に、テレビクルーはさっさと引き揚げていった。ふと気づけば、またしても野次馬に取り囲まれている。みなスマホのレンズを向けていた。康彦は自棄《やけ》になり、腰に手を当てスーパーマンのポーズを取った。

潜水服での暮らしにはすっかり馴染《なじ》んだ。着脱も一分とかからず、宅配便もさほど待たせずに対応できる。配達員も最初はぎょっとしていたが、慣れたのか「頑張ってください」と声をかけられることもあった。テレビでニュースになったせいだ。よほど絵になったのか、番組をまたいで何度も流され、感染に脅える市民の象徴のように扱われた。ネットはもっと凄いことになっていて、どうやら個人名も住所も特定されてしまったらしい。妻が浮かない顔で、「マンション前で高校生が待ち構えてるんだけど」と言っていた。ただしネットでの誹謗中傷《ひぼうちゅうしょう》はなく、激励の言葉が多いようだ。みんな、面白がっているのである。

5

康彦は、潜伏期間が無事過ぎてくれることを祈っていた。自主隔離生活に入ってすでに一週間が過ぎている。無症状のままなら、体内に抗体ができて自然治癒《ちゆ》する。ネットで調べたらそう書いてあった。

そんな折、地元の保健所から電話があった。「×月×日、どこにいらっしゃいましたか」と質問される。康彦はカレンダーを見て凍り付いた。ソフトウェアの講習を受けた日である。

「××社の社員が新型コロナウイルスに感染していることが、昨日PCR検査により判明しました。そこで当該社員の行動履歴を調査したところ、日曜日に渡辺康彦さんとおよそ一時間にわたって会議室でマン・ツー・マンの講習を実施したという申告がありました。これは事実ですか？」

「は、はい。事実です」

康彦は震える声で答えた。

「渡辺さんは現在、何か体調に変化はありますか？」

「いや、とくには……」

「体温は平熱ですか？」

「平熱だと思います。とくに測ってはいませんが……」

「では倦怠感などは？」

「それもとくには……」

「そうですか。同居するご家族はいらっしゃいますか？」

保健所の質問は続いた。康彦はそのひとつひとつに答えていく。

「それでは、渡辺さんは濃厚接触者に当たりますので、しばらく自主隔離に入っていただきます。よろしいですか？」

「もちろん。実は一週間前からいやな予感がして誰とも会ってないし、家族とも別の部屋で過ごしてるんです」

「そうですか。ではもう一週間、続けていただけますか？」

「続けます。続けます」

康彦は受話器に向かってキツツキのようにうなずいた。

電話を切ったら改めて震えが来た。息子の超能力はやはり本物だった。息子が感知しなければ、今頃自分は息子と妊娠中の妻に感染させていたのだ。

間を置かず、今度は会社の総務部から電話がかかってきた。保健所から問い合わせがあったが、濃厚接触者というのは事実かという確認である。康彦が事実だと告げると、食料品等の物資を届けるから家にいるよう指示があった。異存はない。五歳児がいるからお菓子もお願いします、と言ったら快諾してくれた。業務上の出来事なので、会社も責任を感じたようだ。

続いて康彦は、妻に電話をし、保健所から告げられたことを報告した。

「うそ。ほんとに？」今度ばかりは妻も驚いていた。

「明日からしばらく仕事休めない？　おれ、部屋から出られないし」

「それはどうかなあ、職場に迷惑かけちゃうし」

「そんな場合かよ。我が家の危機だぞ」

「でも濃厚接触者イコール感染者じゃないし……」

「海彦が感知したとき、君もその場にいただろう」

「……わかった。上司に相談してみる」

電話を切ると、息苦しくなった。発症したら自分はどうなるのか。三十代で重症化する可能性は低いようだが、安心はできない。死者だってきっと出ている。

「ねえパパ、お外で遊ぶ」息子がドアをノックして言った。

「今日は外出禁止。国会で決まりました」強い口調で言うと、素直に聞き分けてくれた。

気分が大きく沈んだ。コロナはインフルエンザの数倍苦しむという。発症したらちゃんと入院できるのだろうか。テレビでは、四十度近い高熱が出ているのに保健所から自宅待機を求められている例が、いくつも報じられている。

敷きっ放しの布団で横になり、不安な気持ちで天井を見ていたら、体全体がだるくなってきた。いやな予感がする。一時間もすると、今度は手足の関節が痛くなってきた。これは強い倦怠感というやつではないのか。

体温を測ってみると、三十六度八分だった。厚生労働省が受診のガイドラインとした三十七度五分以上には当たらないが、康彦は平熱が三十五度八分なので、これは微熱に相当する。だんだん恐怖が増し、全身が汗ばんできた。

そこへ妻が帰ってきた。

「早引きしてきた。課長に事情を話したら、明日からしばらくテレワークでいいって」

ドア越しに会話を交わす。

「おお、さすが区役所。ちゃんとしてる」

「ううん。亭主が濃厚接触者ならお前も危険だから出てくるなって、そういう話。で、どうなの？」

「体がだるい。それに熱もある。覚悟した方がいいかも」

さっき測った体温を告げると、妻はそれには答えず「じゃあ安静にしてて」と言い、リビングで息子の相手をしていた。康彦の不満は、妻が冷静過ぎることである。

翌日になると、倦怠感はさらに増していった。長旅から帰って来たときのような、重い疲れが全身に張り付いている。不安に駆られ、保健所に電話をしてみるが、「プー・プー」と鳴るばかりで一向につながらない。

その前に病院に行こうか。厚労省も、まずはかかりつけの医者に相談して欲しいと広報していた。しかし三十代の自分には、かかりつけ医などいない。馴染みがあるのは近所の小児科医だけだ。

ますます不安が込み上げる。コロナはちゃんと治癒するのだろうか。テレビでは基礎疾患を持っていると危険だと言っていた。康彦はとくに持病はないが、子供の頃は小児喘息《ぜんそく》で、喉をゼイゼイ鳴らしていた記憶がある。

そんなことを思い出したら喉がムズムズしてきた。咳をすると痰《たん》が絡んだ。いやな予感が頭をもたげる。果たして十分後にはゲホゲホと咳《せ》き込み始めた。まさか、小児喘息など幼稚園児の頃の話だ。どうして今になって甦《よみがえ》るのか。

「ねえパパ。昼食、ここに置くね」

廊下から妻が言った。布団から這《は》い出て、ドアを開ける。素麺だった。とくに文句はないが、稲荷《いなり》寿司くらい付けろよと言いたくなる。

五分で食べ終え、器を廊下に出し、また布団に潜ったところでふと気づいた。あれ、味したっけ――。素麺に味はないが、つゆは濃い味がある。その味がした覚えがない。

ごくりと喉が鳴り、手が震えた。いよいよ症状が進んだようだ。コロナ感染の特徴は倦怠感と発熱と咳と味覚麻痺《まひ》である。全部出たのだ。

康彦は激しい焦燥感《しょうそうかん》に駆られ、スマホで保健所に電話をした。まだつながらない。いっそ救急車を呼ぼうかと思う。いや、微熱だから相手にしてくれないだろう。高熱でも病院をたらい回しにされたというニュースをテレビで何度も観た。今の政府は、医療崩壊阻止を優先させ、国民を見棄《みす》てようとしている。

「おーい、ママー」心細くなって妻を呼んだ。

「何よ。どうしたの」廊下から妻が言う。

「塩を持ってきて」

「どうして？ 撒《ま》くの？」

「ちがう。舐《な》めるの。昼食の味がしなかった。味覚麻痺だと思う」

「……じゃあ、タマネギ丸ごと齧《かじ》ってみる？」

「君ね、こういうときに……」

康彦はタマネギが大の苦手だった。サラダにオニオンスライスを入れる入れないで、いつも言い争いになる。

「待ってて」

廊下を歩く音がして、塩の小瓶が廊下に置かれた。ドアを開けたところで、妻と目が合った。「顔色は悪くないけど」と妻。「あっちへ行ってろ」小声でささやき、追い払う。

ドアを閉め、塩をてのひらに振りかけ、舐めた。

微妙だった。塩辛いことは塩辛いが、いつもより薄い感じがする。

「ねえ、味した？」と廊下から妻。

「よくわからない。でも正常ではない気がする。ねえ、診てくれる病院を探してくれない？」

「わかった……」

妻が去って行く。康彦は布団を被って寝た。すると全身から汗が噴き出し、たちまち下着もパジャマもじっとりと湿った。下着を着替え、布団に潜るとまた汗がだらだらと出た。通常なら風邪の症状で済むが、ことがコロナだけに不安ばかりが募《つの》っていく。

「ねえ、パパ。永田《ながた》先生に電話で聞いたんだけどさあ」

妻がドアの外から言った。永田先生というのは近所の小児科医である。

「熱がないのなら慌てることはないって言うんだけど」

「内科の医院を探してよ」

「永田先生だってドクターには変わりないでしょう。高熱が何日か続くようだったら、総合病院を紹介してくれるって」

「わかった……」

康彦は大きくため息をついた。頭から布団を被ると、去来するのはよくない想像ばかりである。ひょっとして全国の病院が、政府の指示で口裏を合わせ、外来患者を拒絶しているのではないか。もはや国は、何万人かの犠牲者が出ることはやむなしとしているのではないか。国はときどきそういうことをする。

そう思ったら、じっとしているのも辛かった。寝返りを打つだけで、体の節々が痛い。

翌朝、体温が三十七度五分に達した。康彦はとうとう来たかと絶望的な気分になった。この先は重症化もあり得る。肺炎だって覚悟しなければならない。

「おーい、ママー」ドア越しに妻を呼んだ。

「はーい。どうかした?」

「熱が上がった。三十七度五分。病院に行きたい」

「……あのさあ、まずは風邪薬飲んでみて。それで様子を見ようよ」

妻が諭《さと》すように言う。康彦はドアを開けて叫びたい気分だった。おれがコロナで死んでもいいのか――。

「じゃあ朝御飯、用意するから食後に飲んで」

「いい。食欲ない。ゆうべ眠れなかったし」

「わかった。じゃあ寝てて」

あっさりと引き揚げていく。こうなると妻まで国側の人間かと思えてきた。

することがないので、パソコンでテレビを観た。どのチャンネルもコロナのニュース一色で、人気《ひとけ》のなくなった主要都市のビジネス街や繁華街を映し出していた。世界はいったいどうなるのかと暗澹《あんたん》たる気分になった。海彦は来年、小学校に上がれるのだろうか。テレビ授業が標準になり、友だちもできず、ランドセルも買ってもらえない。想像が次々と連鎖し、ますます暗くなる。

昼近くになり、妻が昼食を運んできた。

「お昼は食べてね。サンドウィッチにしたから」

相変わらず食欲はないが、体力が弱ってもまずいと思い、食べることにした。

ハムサンドを手に取り、パクつく。ガリッという音がしてタマネギの味が口の中に広がった。オニオンスライスが入っていたのだ。康彦は猛然と腹が立って部屋の中から声を上げた。

「ママーッ！　どうしてタマネギ入れるんだよ！」

廊下を走る音がして、妻が「ごめん、ごめん」と軽い調子で謝った。

「でも味はするんじゃない。味覚麻痺はこれで消えたね」

「いや、これは……」康彦は返事に詰まった。確かに味はした。

「パパ、体温測ってみて」

「どうして」

「いいから測ってみて」

憮然としながらも体温を測る。朝方と同じ三十七度五分だった。それをドア越しに告げる。

「どうだ。これでも気のせいか」

「わかった。じゃあ、もう一度、病院を探してみる」

妻が去って行く。康彦は布団に潜り、体を丸めた。妻はどうしてあんなに呑気《のんき》なのか。女は妊娠すると度胸が据わるのだろうか。自分が心配性の分、余計に腹立たしい。

食後に風邪薬を飲んだので、眠くなってきた。体は相変わらず熱っぽい。関節も痛い。次に目が覚めたときは、もしかして肺炎にでもなっているのではないか。まだ人類が解明できていない新型のウイルスは、体内で変化を遂げるという。だから容態が急変する患者が続出し、病院の集中治療室が満杯になる。それを考えたら改めて恐怖に襲われた。いっそ立てないほど高熱が出ないかと思う。そうすれば救急車を呼べる——。

康彦は眠りに落ちかけた。うとうとと意識の狭間《はざま》を泳いでいる。

体を揺すられた。誰かの声がする。睡眠の一番底から、いきなり引き上げられた感覚があった。だから意識がちゃんと戻らない。

「パパ、お外で遊ぶ」息子の声だった。

はっとして目覚める。すぐ目の前に息子の顔があった。息子が、寝ている父親をのぞき込んでいる。夢か？　いや夢じゃない。部屋のドアが開いている。

「だめだって、入ってきちゃ！」

思わず大きな声を上げ、慌てて手で口を覆った。大変だ。飛沫が息子の顔にかかった。

「ママは？」

「いない」

「いない？」

康彦は布団から跳ね起きた。どうしよう、どうしよう。右往左往する。とりあえず潜水服を着ることにした。ヘルメットも被る。これ以上息子と接触するわけにはいかない。

「海彦、うがいして。今すぐ」

息子の腕を引っ張り、洗面所へと行った。

「うがいはお外から帰ってから」と息子。

「お願い。今して。それと顔も洗って」

そこへ妻が帰ってきた。「ただいまー。あれ、パパ、どうしたの?」洗面所をのぞいて言う。

「どこへ行ってたんだよ。海彦を置いて」

「怒らないでよ。海彦が昼寝してたから、その隙にと急いで買い物に行っただけ。それよりどうかしたの?」

「海彦がおれの部屋に入ってきた。おれに触ったし、飛沫も浴びた。だから濃厚接触者になった」

「あ、そう」

妻は慌てるでもなく、何か考え込むような仕草で、康彦と息子を見比べた。

「おい、これは大事《おおごと》だぞ。海彦が感染したら、ママだって感染するんだぞ。そうなったらどうするんだ」

「あのさあ、ヘルメット、一回脱いだら?」妻が言った。

「はあ? 脱いだら飛沫がかかるだろう」康彦が言い返す。

「大丈夫だって。少しくらい」

「そうはいくか。どうしてママはそこまで呑気でいられるんだ」

「わかった。じゃあ部屋に戻って。ドア越しに話をしましょ」

妻が促すので、康彦は部屋に戻り、潜水服を脱いだ。妻がドア越しに話しかける。

「わたし、永田先生と電話で話したんだけど、感染者が必ずしも人に感染させるわけじゃないし、仮に感染したとしても多くの人は無症状のまま抗体ができて自然治癒するから、重症者以外はそこまで慌てなくていいって、そう言ってた。今、全国の病院は、疑心暗鬼になった外来患者が押し寄せて、それはもう大変なんだって」

「疑心暗鬼とは何だ。おれは感染者の濃厚接触者で、それは保健所も認めてるんだぞ」

「それはわかってる。もしかして感染したのかもしれない。でも今は自然治癒してる。わたしは今、わかった」

妻が確信したように言う。康彦はわけがわからなかった。

「はあ？　何でそんなこと言い切れるんだよ」

「だって、海彦が部屋に入って、あなたに外で遊ぼうと言った」

「だから何だよ」

「海彦はコロナを感知する超能力があるんでしょ？　あなたに近づいたということは、あなたの体内でもうコロナが消えたってことでしょう」

「……………！」

康彦は絶句した。一瞬、頭の中が真っ白になる。確かに、息子は何の警戒もなく部屋に入り、父親を起こした。コロナに対して予知と感知の能力を持っている息子が、父親に近づき、触れた。ということは……。

「パパ、試しに体温測ってみて」妻が言った。

康彦は従った。測ってみると、平熱に戻っていた。

「はい。これで発熱も消えた。あとは倦怠感だけど、まだだるい？」

「ああ、いや……。そうでもないかな」

康彦は首を左右に曲げてみた。疲労感は少々あるが、それは寝てばかりいたからだろう。

「パパ、自己暗示にかかりやすいからね。心配性だし」

「自己暗示で熱が出るのかよ」

「出ます。想像妊娠があるくらいだから。薬にはプラシーボ効果だってあるでしょ」

康彦は全身の力が抜けた。ひとつ吐息をつく。さっきまでの動揺がうそだったかのように、心は平静を取り戻している。

「ドア開けるね」妻が隔離部屋のドアを開けた。「もう出て来てよ。晩御飯は一緒に食べましょ」

「その前にお外で遊ぶ」

息子が抱き着いてきた。妻を見ると、そうしたらという顔をしていた。

「じゃあ、公園に行くか」と康彦。

「センスイフクー」息子が潜水服を指さして言う。

「いや、これはもう着なくても……」

「センスイフクがいいー」息子が駄々をこねる。

康彦は少し考え、着ることにした。これが最後かもしれないと思ったら、惜別《せきべつ》の情が湧いてきたのだ。

玄関の鏡に姿を映し、改めて見ると、その潜水服はアンパンマンの着ぐるみのようだった。なるほど、子供がよろこぶはずである。


一カ月後、康彦は新型コロナウイルスの抗体検査を受けた。会社が全従業員の検査を行ったからだ。目立ちたがり屋の社長が、国にデータを提供すると張り切ったことにより、実施の運びとなったのであるが、康彦には歓迎すべき施策だった。本当はどうだったのかを知りたい。

検査結果は陽性だった。つまり康彦は、新型コロナウイルスに感染し、無症状のまま自然治癒し、体内に抗体ができていたのである。康彦はそれを知ったとき、全身に鳥肌が立った。

妻に告げると、彼女は「ほーほー」とフクロウのように声を発し、「海彦の超能力は本物だったのね」と、少し興奮気味に言った。

「だから、おれの自主隔離は正しかったんだよ。海彦は我が家の救世主だね。気づかなければ家族全員感染していた」

「そうね。海彦に感謝しなきゃ」

「でもさあ、おれ、不思議でしょうがないんだけど、君はどうしてあんなに悠然と構えてたの？　妊婦なんだし、人一倍怖かったはずでしょう」

「うん？　そうね」妻が意味あり気に微笑《ほほえ》んだ。

「何よ」

「ううん。何でもないけど」

「気になるじゃん。怖くなかったの？」

康彦が尚も問うと、妻は少し間を置いてから、「あなた、言っても信じないかもしれないけれど」と口を開いた。

「おなかの子がね、知らせてくれたの。パパは大丈夫だって」

「えっ？」

「うまく説明できないけど、感じるの。危険か安全か、おなかの子が全部知らせてくれる。

だからわたしは毎日を平穏に過ごすことができる」

数秒見つめ合った。互いに微笑みを交わす。さてどうする。妻の言うことを信じるべきか。

「今度のウイルスって、子供は罹《かか》りにくいみたいじゃない。だから人類は滅びない。霊長類ヒト科は強いのよ。伊達《だて》に何万年も子孫をつないできたわけじゃない」

「なんか、哲学者みたい」

「あなたも妊娠すればわかる」

「そうだね。じゃあいつか」

夫婦でクスクスと笑った。

我が家には二人の小さな救世主がいる。そのうちの一人は、もうすぐ地上に姿を現す。人類の鎖が、またひとつつながる。そう思ったら、胸の中が、しあわせな気持ちでいっぱいになった。

パンダに乗って

1

小さな広告会社を興《おこ》して二十年、曲がりなりにも社長として頑張って来た自分へのご褒《ほう》美《び》として、今年で五十五歳の小林直樹《こばやしなおき》は二台目の車を買うことにした。二人の子供が相次いで大学を卒業して就職し、家を出て行ったことも大きい。もう責任を果たした。そう思ったらやけに心が軽くなり、この先は贅沢だってしてやるのだと決めたのである。

二台目の車と言っても、野山を駆けるための4WDとか、峠道を突っ走るためのスポーツカーとか、趣味の車ではない。買うのは初代フィアット・パンダである。イタリア製のこのコンパクトカーは、一九八〇年にデビューし、名匠ジウジアーロによるシンプルで愛らしい外観から、たちまち世界的にヒットした往年の人気モデルだった。直樹は若かった頃、この車が欲しくて欲しくて仕方がなかったのである。ちなみに普段使いの車は、いたって平凡で、ホンダのアコードである。つまりカーマニアではない。

ネットで中古車を探すと、さすがに初代パンダ、それも初期モデルはタマが少なく、直樹が住む東京近郊では一台もヒットしなかった。ただ直樹には納得できる結果だった。もとより日本ではマイナーなイタリア車なのである。乗っている人が少ないから、自分は欲しかったのだ。

それでもめげずに探していると、新潟の中古車店のホームページで一台ヒットした。八四年製で、ボディカラーは赤。850ccの4気筒エンジン。4速マニュアル。屋根は開閉式のキャンバストップ。走行距離は不明。保証はなし。価格は応相談。メールで問い合わせると、百万円でどうかという回答があった。

あまりに大雑把《おおざっぱ》な値付けに警戒心も湧いたが、その後、数回メールのやり取りをする中で、ちゃんとした業者だという印象を持った。《当社は地元で親の代から続く中古車店で、それなりに信頼を得ているつもりなので安心して欲しい》という社長の朴訥《ぼくとつ》とした文面があり、信じることにしたのだ。それに百万円である。失敗したとしても痛手は少ない。妻の反応は、「お好きにどうぞ」だった。

購入に際しては車庫証明書と印鑑証明書が必要ということで郵送すると、二週間後にはナンバーが取れるという返事があった。そこで百万円を振り込んで連絡を待つと、二週間と経たず、「用意できたすけ、いつでも来なせや」と、社長直々《じきじき》に電話があった。声も朴訥とした印象だった。

直樹は気持ちが膨らんだ。新潟まで三十六年落ちの中古車を買いに行く。この酔狂《すいきょう》が、長年頑張って来た中年の愉《たの》しみなのだ。

新潟はこれまで縁のない土地で、行くのは初めてだった。行きは新幹線でおよそ二時間。帰りは高速道路でおよそ四時間半。平日なら道も空いているだろうし、充分日帰りできる距離である。直樹は初秋のある日、会社を休んで新潟へと出発した。

「大丈夫？　古い車なんでしょ？　高速でエンストしたらどうするの？」

妻は夫が無事に帰って来られるか、そのことを心配していた。

「大丈夫だよ。ちゃんとした業者みたいだし。整備は万全だと思う」

直樹はそう答えたものの、内心は不安だった。かつて日本では、ラテンの車は壊れやすいと言われていた。自分は今もそう思っている。

もっとも、いざとなればＪＡＦを呼べばいいだけのことである。この日本で立ち往生するということはない。

朝早い新幹線に乗ったので、新潟駅には午前中に到着した。目的の中古車店は市内にあり、タクシーで三十分ほどの街道沿いにあった。《山田《やまだ》モータース》という煤《すす》けた看板の文字が、地道な年月を感じさせる。

出迎えた山田社長は、直樹と同年代と思える年恰好で、油で汚れたツナギ姿だった。

「遠いとこわありかったねー」と帽子を取って頭を下げる。恐らく社長自身も修理工なのだろう。直樹は、これなら信用できると安堵《あんど》した。

「そうせば早速《さっそく》、車を見てくんなせや」

案内されてガレージに入ると、丁寧に磨かれて光沢を放つ赤いパンダが、待てをする犬のような風情《ふぜい》でそこにいた。「おおー」思わず直樹が声を上げる。憧れだった車が今、目の前にある――。

「整備記録がねえすけ、どんげな素性《すじょう》の車かは不明らわ。ただ、シートのやれは少ねえし、クラッチに変な癖《くせ》は付いてねえし、ワンオーナーで長く乗らった車なんでねえかとは思います。走行距離は六万キロ台になってるども、たぶん一回りしての数字だわね。二回りまでは行ってねえろね……」

山田社長がボンネットを開けて説明を続けた。初めて聞く新潟弁のイントネーションが、歌のようで心地いい。

「エンジンもきれいなもんら。高速道路も含めて三十キロほど試運転したども、吹き上がりはスムーズだし、妙な異音もないし、まあ問題はねえかと思うわ。保証を付けてねえあん、お客さんが東京の人だからで、地元ならちゃんと面倒見るけどもね」

「大丈夫ですよ。東京には旧車の専門店もあるし。だいいち昔の車は構造が単純だし」

直樹は、実物を前にしてすっかり興奮した。これで百万円は、たぶんお買い得だろう。パンダをいろんな角度から見て回る。なんてキュートなデザイン。これがイタリア人の遊び心だ。

「そうせば室内もどうぞ」

促されて左ハンドルの運転席に座る。素っ気ないほどシンプルな計器類が実にいい。直樹は、必要最小限の美学を改めて痛感した。現代の工業製品は、何から何まで過剰だ。試しにエンジンを始動する。ブルルンと軽快な音が響いた。何だか懐かしい、昔のエンジンの音だ。ふと右に目を向けると、パンダのインテリアにそぐわないカーナビが付いていた。

「ああ、それ、外そうかどうか迷ったんども、まだ使えるようだすけ、そのまんまにしておいたらわ。どうします。今、外すけね？」

カーナビはかなりの年代物で、最新の道路情報がアップデートされているかも怪しい代物《しろもの》だった。

「いや、いいです。一度使ってみて、外すか、新しいのと替えるか、こっちで決めます」

「せば、このまんまで」

事務所に入って売買契約書にサインをした。車検証等書類一式を受け取り、おまけでエンジン・オイルを一缶もらう。

「あ、そうだ。昼飯がまだなんですが、ここらでおいしいラーメン屋さんとか、あったら教えてもらえませんか」

直樹が聞くと、山田社長はしばし考え込み、「評判の蕎麦屋《そばや》ならあるどもね」と言った。

「ああ、それでもいいです。ぼく、蕎麦も好きだから」

ラーメン屋と言ったのはただの思い付きで、おいしければ何でもいい。

「パンダのナビに入れておくすけ、それに従って行ってくんなせや」

山田社長は親切に住所をインプットしてくれた。

「せば東京まで、お気をつけて」

見送られ、山田モータースを後にした。道に出ると同時に、《音声案内を開始します》とナビが告げる。そのとき、カーラジオから、ワム!の「ウキウキ・ウェイク・ミー・アップ」が流れてきた。おお八〇年代。直樹は思わず笑った。とくに好きでもない曲だが、パンダの船出を祝ってくれているかのようだ。

パンダの走りは軽快だった。車体が軽いから挙動のすべてがキビキビしている。左ハンドルのマニュアル車は初めてだが、とくに違和感はなかった。今どきの軽自動車よりコンパクトなので、車両感覚がつかみやすいのだ。

《この先、道なりに六キロです》とナビの音声。そんなに行くのかよと思ったが、文句はなかった。初めての土地なので、目に映る町の景色も新鮮だ。

かなり郊外に出た頃、次の指示が出た。

《三〇〇メートル先、右折です》

そろそろかな。道の向こうには山が見える。

《この先、道なりに五キロです》

まったくあの社長はどんな蕎麦屋をインプットしたんだ――。直樹はさすがに呆れた。普通、店を紹介するなら近所で考えるものだ。

パンダは山道に入った。なんとかスカイラインという標識が目に留まった。曲がりくねった上り坂をパンダが力強く駆け上がって行く。「おおー」直樹はまた声を上げた。たった850ccのエンジンとは思えない活発さである。ハンドリングも素晴らしい。これぞラテンの走りだ。あの社長、この道を走って欲しくて、わざわざ遠くの店を教えたのだろうか。そんな邪推までしてしまう。

《目的地まであと三〇〇メートルです》

そろそろ到着のようだ。峠道の途中に切り開いた土地があり、建物が見えた。

《音声案内を終了します》

ここだな。店の駐車場に車を停め、看板を見上げる。そこにあった文字は「カレーとパスタの店」だった。

はあ？　直樹は呆然とした。蕎麦屋はどこだ。周囲を見回すが、ほかに建物はない。あの社長、おれをからかったのか？　いや、そういう人間には見えなかった。じゃあナビのエラーか。あるいは蕎麦屋が潰《つぶ》れて別の店に変わったのか。

よく見ると看板は古かった。だから昔からある店だ。ということはナビのエラーか。

まあいい。カレーだって好物なのだ。直樹は気持ちを切り替えて車を降りた。

店には数人の客がいた。もちろん地元客だろう。若いカップルの姿もあった。

「いらっしゃいませ」

年配の店主が直樹を見やり、続けて窓の外のパンダにも視線を向けた。いい歳をして変わった車に乗っているとでも思ったのだろうか。

メニューを見ると、ポークカレーがおいしそうなので注文した。すぐに出て来た。ひと口食べて驚いた。これは当たり。昔ながらのカレーだ。高級過ぎず、出しゃばらず。直樹はにわかにうれしくなった。

五分で食べ終え、余韻《よいん》に浸った。偶然とはいえ、この店に出会えたのはラッキーだった。今度は妻を連れて来たいくらいである。

レジで会計を済ませ、店の外に出ると、なぜか店主もついて来た。直樹のパンダを眺めて、「これ、お客さんの車ですか？」と聞く。

「ええ、そうですが」

店主はナンバーを見て、「パンダで東京からですか」と、半分感心し、半分呆れたように言った。

直樹は微笑《ほほえ》むだけで、本当のことは言わなかった。さっき新潟市内で買ったばかりですとは、他人に話すようなことでもない。

「やいやー、パンダとは懐かしぇね。やっぱこの車は赤でねえとな」

店主は、何やらパンダに思い出でもあるかのように、ため息交じりにつぶやいた。

「ごちそうさまでした。また来るかもしれない。おいしかったから」

「そうですか。ありがとうございました」

挨拶を交わし、パンダに乗り込む。今度はナビに東京の自宅住所をインプットした。東京まで四時間半というから、着くのは日が暮れてからだろう。ほどなくして、《音声案内を開始します》とナビが答える。

発進してバックミラーを見ると、店主は道まで出て、パンダのうしろ姿を見送っていた。お前、人気あるな。直樹は心の中でパンダに茶々を入れた。そのとき助手席の辺りから、

（はは）と笑い声が聞こえた気がしたが、もちろん空耳に決まっているので、気には留めなかった。

来た道を戻るのだろうと思っていたら、ナビは反対方向を指示した。どういうことかわからないが、知らない土地なので従うしかない。峠に差し掛かり、下り始めると眼前に海が広がっていた。日本海だ。何という絶景。直樹は目を奪われ、車の速度を落とした。日本海を見るなんて何年ぶりか。子供たちが小学生の頃、家族旅行で敦賀《つるが》と東尋坊《とうじんぼう》に行ったことがある。それ以来だから、十七、八年は経っている。

《道なりです》

ナビはこの言葉を繰り返した。まったく役に立たないナビだが、腹は立たなかった。壊れたナビのおかげで、おいしいカレーが食べられ、日本海が見られたのだ。遠回りはしているが、急ぐ旅でもない。

山道を下りると、そこは小さな港町だった。せっかくなので埠頭《ふとう》に車を停め、海に向かって両腕を広げ、空気を吸った。磯の匂いも香《かぐわ》しい。きっと新鮮な海の幸がたくさん獲れるのだろう。

埠頭に佇《たたず》むパンダは実に絵になっていた。海がバックだからか、旅人のようでもある。

直樹は少し離れた場所から、角度を変えてはスマホで何枚か写真を撮った。車は一目惚れを信じるに限る。もう友人のような気でいる。

　再び車に乗り、海沿いの道を走ると、サーキットの看板があった。こんなところにサーキットとは。横目で見ながら通り過ぎようとしたら、ナビが《目的地に到着です》と告げた。

　ここが目的地だって？　直樹は苦笑するしかなかった。このナビはやっぱり壊れている。でも、せっかくなのでのぞいてみることにした。そもそもサーキットなんて来たことがない。車で近づいて行くと、サーキットは山の窪地《くぼち》を利用した縦長のコースだった。そんなに大きくはなさそうだが、レースを開催しているようなので、本格的な施設なのだろう。平日なので人影はない。

　そこへ事務棟から男が出て来た。当直の管理人だろうか。パンダを見て、目を凝《こ》らしている。直樹は車を停め、窓を開けて挨拶した。

「すいません。すぐに出て行きます」

「いや、それはいいども……。そのパンダ、オメさんのら？」

　管理人が妙な聞き方をした。まるで所有を疑っているかのように。直樹は、そういえばさっきのカレー屋の店主も同じような口調で話しかけてきたことを思い出した。

「ええ。わたしの車ですが」乗ったまま答える。

「そうですかね。いや、あんまり懐かしかったけね……。品川ナンバーってことは東京ですか」

「ええ、まあ」

「パンダでロングドライブですか」

管理人は相好を崩すと、パンダをいろんな角度から見つめた。

「これ、何年式?」

「一九八四年式です」

「そう。せば34モデルら。850ccの直列4気筒エンジン。デビューしたときは空冷の2気筒だったから、パワーアップしたやつ」

「そうですか。ぼくは、そこまでは知らなくて……」

「やいやー、ばか懐かしいてば」

管理人がうれしそうに目を細める。そして「よかったら、ちっと走って行くかね?」と、耳を疑うようなことを言った。

「いや、しかし……」

直樹は返事に詰まった。どうしてそこまで親切にされるのか。それに、サーキットを走ったことなどない。

「誰もいねから好きに飛ばしていいわね。全長二キロ。アップダウンも少なくて、そう難しいコースでねえし」

管理人がそう言って、右手で促す仕草をする。直樹は少し考え、申し出を受けることにした。冗談のような成り行きだが、これも旅の面白さと思えばいい。

ゲートを開けてもらい、パドックを通過して、パンダをコースに乗り入れる。

「じゃあ一周だけ走らせてもらいます」

「どうぞ、どうぞ」

目の粗いアスファルトを走ると、タイヤがグリップしている感じがハンドルから伝わった。なるほど、これが車を操るダイレクト感覚というやつか。初めての経験に心が躍《おど》った。

腕前に自信がないので時速八〇キロほどで走行した。それでも楽しい。ヘアピンカーブではパンダが懸命に踏ん張り、ラインを維持しようとする。こうなると車は機械を超えた相棒で、直樹は、（頑張れ、頑張れ）と心の中で声援を送っていた。

たちまち一周を走り終え、パドックに戻った。気分は実に爽快である。

「いやあ、楽しかったです。ありがとうございました」

「どういたしまして。いえね、昔、同じ赤いパンダに乗った知り合いがいたもんで、それを思い出したんさー。そいつは日曜の走行会によく参加して、パンダを走らせてたんだわ。まったく同じ車だから、なんか昔に帰ったみてえでね」

直樹は、管理人の話を聞いてはたと思った。もしかしてカレー屋の店主も、同じ記憶があって声をかけて来たのではないか。距離は近く、同年配だ。

「それっていつ頃の話ですか？」直樹が聞いた。

「もう三十年以上前のことら。みんな二十代だった頃」

「そうですか……」

「せば気をつけて」

管理人が笑顔で手を振る。もう少し事情を聞いてみたかったが、時間を取らせるのも何なのでやめておいた。それにもう午後二時を回っていた。そろそろ東京に向かわないと、着くのが夜中になってしまう。

パンダを発進させ、海沿いの道に戻ると、ナビが《音声案内を開始します》と言った。

えっ？　直樹は絶句した。今回は何もインプットしてないだろう。

《およそ三キロ、道なりです》

わけがわからなかった。ただ、ほかに道がないので、直樹はアクセルを踏んだ。パンダは、サーキット走行で調子が出たのか、前にも増してキビキビと走った。カーラジオから、ティアーズ・フォー・フィアーズの「ルール・ザ・ワールド」が流れて来た。今日は八〇年代特集か？　左手には大海原が広がっている。

2

次に到着したのは新潟大学だった。ナビに従い、海沿いの道を三十分ほど走っていたら、右折の指示が出た。市街地に入ったので、やれやれ、これで帰れそうかなと思った矢先、《次、左折です》と言うので、えっと思いながらも従ったら大学のキャンパスに入っていたのだ。門が開いていたので、知らぬ間に乗り入れてしまったようだ。

どういうことか。ここまで翻弄《ほんろう》されると、腹が立つというより面白がる部分があった。このパンダは、新しいオーナーをからかっているのではないか。そんなあり得ない想像をし、心の中で苦笑している。

新潟大学は緑豊かなキャンパスだった。直樹は都会の窮屈なキャンパスで四年間を過ごしたので、この環境は羨《うらや》ましいばかりである。広い駐車場があったのでそこにパンダを駐車した。車から降り、周辺を歩いてみる。何人かの学生とすれちがったが、直樹には目もくれないので開かれたキャンパスなのだろう。確か新潟大学は国立旧一期校だったはずである。自分じゃ入れなかったな、そう思って見ると、学生はみんな賢そうだった。

二十分ほどキャンパスの景色を楽しみながら散策し、駐車場に戻ると、一人の男がパンダの近くに立っていた。自分と同年配で、この大学の教授か職員か、そんな感じに見える。男は直樹に気づくと、親し気な笑みを浮かべ、「このパンダ、オメさんの車ら？」と聞いた。

直樹はその場で固まった。三人目。これは偶然じゃない——。

「ええ、わたしの車ですが……」

「そうですか。東京からですか？」

「ええ、まあ……。あの、わたしは大学の関係者ではなくて、所用があって新潟に来て、道に迷って入り込んでしまったんですが……」

「いや、いいですよ、そんげなこと。それより懐かしい車だったもんで、ちっと見させてもらってました。ちなみに、わたしはここの職員です。怪しい者ではありません」

男が目を細め、尚も眺めている。

「あのう……」直樹は恐る恐る聞いた。「もしかして、昔、知り合いが乗っていたとか、そういうのですか？」

「ええ、そうです。ようわかりましたね」

男が驚いたように顔を向けた。

「いや、実はですね、さっき向こうの海沿いにあるサーキットで管理人らしき人に同じように声をかけられたんです。昔、知り合いが乗っていて、懐かしいからつい声をかけたって……」

直樹がその方角を指さして言った。

「ああ、わかった。間瀬《まぜ》サーキットら。そんなら心当たりあります。昔の知り合いっていうのが、パンダでそのサーキットによう行ってましたわぁ。なるほど、そういうことがあったんですか」

「もうひとつ言うと、峠道のカレー屋さんでも店主に同じことを言われました」

「はは。カレーとパスタの店ら。それもわかります。そいつ、その店のカレーが好きだったから。でもそれって凄い偶然らねえ」

「その人、今はどうしてるんですか？」

直樹が聞くと、男は一瞬、表情を硬くし、「もう死にましたわ」と言った。

「もう三十年くらい前になりますかね。地元で工業デザイナーをやってたんですが、白血病と続く合併症で、あれよあれよという間に……。まだ二十五歳だったどもねぇ」

「そうでしたか……」

直樹は鳥肌が立った。そしてもうひとつの想像が浮かぶ。このパンダは、もしかするとその人物の愛車だったのではないか——。

「ちなみに、そいつ富田雄一《とみたゆういち》と言って、この大学の出身でね。ぼくとは同学年で、サークルが一緒だったんですよ。で、彼は卒業後、地元企業に就職して事務用機器のデザインをやってて——。昔から車好きで、パンダを買ったのは社会人一年目だったんでねえかな。五年ローンだどもって、苦笑いしてたのを憶えてますわぁ。仲がよかったから、何度も助手席に乗せてもらったなあ」

男がウインドウ越しに車内をのぞき込み、感慨に耽《ふけ》っている。

「あの、実はですね……」

直樹は、この車を入手した経緯を話してみることにした。元同級生の意見を聞きたい。

「このパンダ、数時間前、新潟市内の中古車店で納車されたばかりなんですよ」

「えっ。そうなの？」男が驚きの声を上げた。

「わたしは東京在住の人間ですが、昔からこの初代パンダに憧れがあって、それでネットで探したら、新潟市内の中古車店にあったものですから、問い合わせて、商談が成立して、今日引き取りに来たんですよ」

「そうだったの……」男が眉をひそめている。

「それで、あなたの話を聞いているうちに、このパンダはもしかしてそのご友人のパンダだったんじゃないかって、今思ってるところです」

「いや、そうかもしれねえ。だって新潟でパンダなんて、あの頃、富田しか乗っていなかったけね。ぼくら町でパンダを見かけたら、あ、富田だって、すぐにわかったもんだわ」

男は昔を思い出したのか、いっそう懐かしげにパンダを見つめた。

「そうか。これ、じゃあ富田のパンダか。何だ、何だ」

男が顔をほころばせ、ひとりごちる。彼の中で、思い出が一気に甦《よみがえ》っている様子だった。

「しかし奇遇だなあ。最後に見られてよかったわぁ。だってこのパンダ、これから東京へ連れて帰るわけですよね」

男が、自然な言い方で擬人化して言った。

「ええ。連れて帰ります」

直樹が苦笑して答える。本当に生き物のような気がしてきた。

「じゃあ大事にしてやってくんなせや。富田に代わってお願いします」

男が頭を下げ、直樹も同じだけ会釈した。一瞬、不思議なカーナビのことも伝えようかと思ったが、こんなオカルトめいた話を、初対面の人間にするのもどうかと考え、やめておいた。それに、すっかりこの車が好きになり、勝手に話すのは失礼なんじゃないかと、そんなことまで思っている。

「せば気をつけて」

男が手を上げて挨拶し、去って行く。直樹はパンダに乗り込み、エンジンをかけた。カーナビを見つめる。モニターに地図が映し出された数秒後、《音声案内を開始します》という音声が流れた。

わかった。今日は君に付き合おう。直樹はやさしい気持ちになっていた。

バッグからスマホを取り出し、まずは会社に電話をかける。仕事で何か問題が発生していないか、それだけ確認し、明日の夕方まで出社できそうにないと伝えた。続いて妻にも電話をかけた。

「ちょっと納車手続きに手間取って、まだ新潟市内なんだよね。夜中に高速道路を走るのもきついから、今日はこっちに一泊するわ」

直樹が適当な理由を付けて言う。妻は「あ、そう。じゃあ、わたし、ユミでも誘って外食しようかな」と、学生時代からの友人の名前を挙げて言った。

「いいんじゃない。好きにしなよ」

「じゃあ、あなたも新潟で羽伸ばして」

夫婦も四半世紀を過ぎると、業務連絡だけで済む。

電話を切り、「さて、次はどこですか」とパンダに話しかける。

《右方向です》

直樹はパンダを発進させた。

次に到着したのは、オフィス・アートという事務機器メーカーだった。洒落《しやれ》た外観の事務棟と工場が並んでいる。なるほど、これはさっき大学の元同級生が言っていた、富田君が勤務していた会社のようである。直樹はもう確信した。このパンダは富田君の霊が乗り移っている。

せっかく来たことだし、誰か縁のある人に気づいて欲しいと思い、正門の前に車を停め、出入りする人や車を眺めていたら、その前に初老の守衛がやって来て「ここに停めので」と注意された。

「すいません。すぐに移動します」

直樹はパンダのエンジンをかけた。そして窓を開け、ダメ元で聞いてみた。

「三十年くらい前なんですけど、ここに勤務していた富田って人を知っている人、いませんかね。若くして亡くなられた方なんですけど」

富田という名前を聞いて、守衛がさっと表情を変えた。

「富田って富田雄一君？　病気で亡くなった」

「ご存じなんですか？」

「ええ。わたし、元はここの副工場長をやってまして、退職後、警備会社に再就職をして、今度は古巣の警備をしているわけです。いやね、この会社、昔から家族主義で、退職した人間もなんらかの形で残れるように、再就職先にも働きかけてもらえるんですよ。だもんで……」

守衛が途端に警戒を解き、距離を詰めて来た。

「いやあ、でも懐かしい名前を聞いたども。オメさん、親戚か何か？」

「いや、そうじゃなくて、昔ちょっと縁があった者で……」

直樹はうそを言った。だいいち、どうやって説明していいかわからない。

「わたしね、この車見て、あーって思ったんだわ。そう言えば富田君、赤いミニに乗ってたなあって」

「いや、ミニじゃなくてパンダ。フィアット・パンダです」

「あ、そう。わたし、車はわからねぇっけさ」

守衛が屈託なく笑い、直樹もつられて笑った。興味がない人には、小さな外車はみんなミニなのだろう。

「で、これは富田君が乗ってた車か？」

「はい。そうなんです。ちょっと縁あって、譲り受けることに……。実は、わたしは東京の人間で、明日には車と一緒に帰るものですから、最後に縁のあったところを見て回ろうかと……」

「そう。じゃあ中に入ってください。富田君を知ってる人間、呼んで来っから」

「いや、そこまでは……。仕事中でしょうし」

「遠慮しねえで。いいから、いいから」

守衛が先を歩き、手招きする。直樹は断り切れず、正門から車を乗り入れた。そのまま社屋の玄関まで誘導される。

「車はここに停めて。誰かすぐに呼んで来っからね」

守衛が急ぎ足で中に消えて行った。富田君はよほどみなから好かれていたようである。

三十年も前に死んだというのに。

しばらくして身なりのいい中年が降りて来た。初めは訝《いぶか》しげな表情だったが、パンダを見るなりのけぞり、白い歯がこぼれた。

「富田の友人だったそうで。いやあ、あなたがパンダを引き取ってくださったんですね」

男が駆け寄って言った。友だちということにされてしまったようだ。

「懐かしいなあ、この車。今じゃ滅多《めった》に見かけませんからね。そうそう。屋根が開くんだ。富田の奴、天気のいい日は屋根を全開にして走ってたなあ。いやあ、よかった、よかった。廃車にならずに引き取られるんだ。で、おたくさん、どういう仲だったんですか」

あまりにうれしそうなので、直樹はもう話を合わせることにした。

「わたしは小林という者ですが、昔、新潟大に共通の友人がいて、それで……」

「そうでしたか。わたしは富田の同期で、今も会社に残ってます」

そう言って名刺を差し出すので、直樹も名刺を渡した。男の肩書は取締役である。

「役員さんですか」

「はは。富田が聞いたら信じてくれるかな。入社した頃は、あいつの方が優秀だったから。仕事で喧嘩《けんか》もしたなあ。あいつ、意地っ張りだったし。あの、立ち話もなんだし、中へどうぞ。冷たい飲み物でも——」

「いえいえ、それには及びません」

直樹は、ほかにも用事があるからと固辞した。それに、長く話せばボロが出る。

「で、富田の実家はどうなったんですか？」役員が聞いた。

「いえ、知りませんけど」

「もう取り壊したのかなあ、おかあさんも亡くなられて、住む人間はいないでしょう」

「すいません。わたし、富田君の家族のことは知らないんで……」

「そうでしたか。小林さんは東京にお住まいですもんね。いや、富田のおとうさんは五年くらい前に亡くなって、実家にはおかあさんが一人で住んでたんですが、そのおかあさんも今年の初めに亡くなって……。妹さんは三条市《さんじょうし》に嫁《とつ》いでるから、空き家になってたようで。もう古かったし、取り壊すしかないでしょうね。わたしが最後に伺ったのは十三回忌《き》のときだから……」

役員が、空を見上げて指折り数えた。

「もう十八年前だ。次は弔《とむら》い上げの三十三回忌ですかって言ったら、ご両親とも、そのときはもう自分たちは死んでるって、笑って言ってたなあ。パンダはそのときもガレージに停まっていて、ああ、まだ家族はこの車を手放さないんだって、そう思ったことを憶えてますよ」

「そうでしたか」

「そりゃそうでしょう。息子の形見ですよ。売れるもんですか」

役員がため息をつき、もう一度しげしげとパンダを見つめた。

「でも、お友だちが引き取るのなら、誰も文句はないでしょう」

役員が手を伸ばし、パンダのボンネットをさすっている。

直樹はやっと事態を理解した。このパンダは、富田君の両親が息子の形見として保管していた。その両親が相次いで亡くなったので、とうとう中古車市場に流れたのである。だから走行距離の六万キロは、メーターの通りの数字だろう。

「お墓参りは行かれました？」と役員。

「これから行くところです」

話の流れでうそを言った。

「わたし、ひとつ知りたいことがあって、富田の命日に墓参りに行くと、いつも真新しい赤い花が供えてあるんですよ。供花には似合わない赤い花が。あれは昔の恋人が供えてくれてるんじゃないかって、そんな想像をずっとしていて……。でも、これはロマンチック過ぎるかな」

「富田君には恋人がいたんですね」

「ご存じなかったんですか？　花屋の一人娘。シホちゃん。職場の花見会に連れて来たこともあったし、いずれは結婚するんだろうって、みんな思ってました」

「そう言えば、そんな話は聞いてたかな。もう大昔のことだから記憶が怪しいけど」

直樹は思い出す振りをして話を合わせた。もはやそうするのが礼儀のような気がしている。

「パンダの助手席はシホちゃんの指定席でした。このパンダを見たら泣き出すんじゃないかな。彼女、今は何してるんだろう。我々と同年代だから、孫がいたって驚かないけど」

役員がしみじみと言った。

「いろいろ教えていただいて、ありがとうございます。パンダは大事に乗りますから、ご安心を」

「こちらこそありがとうございます。富田のパンダを見られて本当によかった。何か、若かった頃の思い出が一気に溢れ出て来て、わたし今、泣きそうです」

役員がそう言って笑う目元は、本当に潤《うる》んでいた。

直樹はパンダに乗り込み、富田君が昔勤めていた会社を後にした。

ナビが黙ったままなので、あてずっぽうに道を走らせる。おいパンダ、どうしたの？　心の中で呼びかけると、しばらくして《音声案内を開始します》とナビが声を発した。何だよ、もしかして君もセンチになってたのか？　直樹はますますパンダが愛《いと》おしくなった。

3

パンダは新潟市内を離れ、内陸部へと向かっていた。そろそろ日が暮れかかっている。

直樹は少し不安になった。そろそろ宿を探さないと、部屋を取れないこともある。思いがけない旅だから、ビジネスホテルではなく、一流ホテルに泊まりたい。それにおいしいものだって食べたい。

ナビによると阿賀野《あがの》市というところを走っていた。行く先には山があり、どうやらそちらに向かっているようだ。しばらくして「歓迎　出湯温泉」と書かれたゲートが現れた。ここに泊まれってことなの？　パンダについて行くと決めたから、従うしかない。

山麓《さんろく》に広がる温泉町は、由緒ある湯治場《とうじば》のようだった。突き当たりにお寺があり、昭和の風情を残した温泉宿が並んでいる。ナビに導かれるまま走ると、一軒のペンションの前に到着した。古くはあるが、洒落た洋風の建物である。駐車場にパンダを停め、降りて様子を窺《うかが》っていると、四十前後と思《おぼ》しきコックコートを着た男が玄関から出て来た。

「何か御用ですか？」

男が明るい声で聞く。このペンションの主人のようだ。

「すいません。予約もなくて宿を探しているのですが、部屋は空いてませんかね」

直樹が聞くと、主人は怪訝そうにパンダと直樹を見比べた。

「お一人ですか？」

「そうです。あの、怪しい者じゃないです。わたし、今日は新潟市内に用事があって、東京から来たんです。日帰りの予定だったんですが、用事が長引いたので、宿を探してるんです。新潟市内のホテルでもよかったんだけど、地図を見てたら温泉もいいかなって……」

「そうですか……」

主人が何か考え事をしている。

「うちはペンションで、館内に大浴場のようなものはないんですが、それでもよろしいですか？」

「はい。結構です」

「あと、大学のサークルが合宿中で、ちょっと騒々《そうぞう》しいかもしれませんが」

主人がそう言う最中、中からは学生たちがふざけ合っている声がした。

「はい。いいです」

本当は避けたいところだが、パンダの望みとあれば仕方がない。

「では案内します。温泉はすぐ近くに共同浴場があるので、そこを使われるといいでしょう。地元民と日帰りのお客さんなんかが来るところです。それから、お部屋は離れがあるのでそこをご用意しましょうか。ちょっと宿泊料金が上がりますけど」

「大丈夫です。ぜひそこで」

離れがあるとわかり、直樹は一安心した。のんびりと夜が過ごせそうだ。

地図を見たら近くにコンビニがあったので、一度車で温泉町を出て、下着と靴下とタオルを買った。そしてペンションに戻り、部屋に案内されると、中庭に面した静かなコテージだった。若い恋人同士にうってつけだ。

これまでの流れから考えると、このペンションも富田君の思い出の場所なのだろう。シホちゃんという恋人と来たのだろうか。そんなことを考えながら、歩いてすぐの共同浴場に行った。平日ということもあり、ほとんど貸し切り状態である。しかしこんな一日になるとは――。心の中でつぶやき、苦笑する。ただ、見ず知らずの土地で不思議な経験をしながら、直樹自身もどこか癒《いや》されていた。自分と同年代の富田君は二十五歳で死んだ。どれほど周りの人間は悲しんだだろう。縁のある人たちに、富田君をひと時でも思い出させることができたとすれば、自分も少しは役に立ったことになる。

一人温泉に浸かるのは悪くない時間だった。たまには一人旅もいい。

ペンションでの晩御飯は、食堂の端っこのテーブルでとった。大学のサークルの学生たちがほとんどのテーブルを占拠しているからだ。主人はなるべく間を空けようと、学生たちのテーブルを詰めてくれた。学生たちも、ほかの客がいることに気を遣っているのか、騒ぐようなことはない。

出て来た料理はフレンチで、なかなかの味だった。舌平目のグリルなど、塩加減も火の加減も専門レストラン並みである。給仕係の奥さんに味を褒《ほ》めると、奥さんは大喜びし、主人は東京のフレンチ・レストランで修業経験があると教えてくれた。直樹も機嫌がよくなり、赤ワインを一本注文した。余ったら、部屋に持ち帰ってゆっくり飲めばいい。

メイン・ディッシュの仔牛《こうし》のクリーム煮を食べ終えたところで、主人が出て来て「いかがでしたか。量は足りましたか」と声をかけて来た。

「充分です。素晴らしかったです。また来たいと思います」

「ありがとうございます。妻が、あの紳士はミシュランの調査員かもしれないって、興奮してました」

「はは。まさか」二人で軽く笑い合う。

「表の赤いパンダで東京からいらしたんですか？」主人が聞いた。

「そう。よく車種がわかりますね。昔の車なのに」

「ちょっと思い出があったから」

「どんな思い出ですか？」

「ぼくが小学生の頃、常連のお客さんで、赤いパンダに乗って来るお兄さんがいたんですよ。よく一緒に遊んでもらってたので、そのことを思い出して」

今度はこう来たかと、直樹は鳥肌が立った。やはりこのペンションも、彼の思い出の場所なのだ。

「そのお兄さんって、もしかして富田君？」

「えっ、知ってるんですか？」

主人は直樹以上に驚き、目を丸くした。

「ちょっと縁があって……。あのパンダ、富田君が乗っていたパンダなんですよ。彼の死後、両親が保管してたんだけれど、その両親も亡くなられて、それでわたしが買うことに……」

「そうでしたか。富田君のお知り合いでしたか。いやあ……」

主人はしばし絶句し、口を開けっ放しにしていた。

「何か富田君の思い出はありますか？」直樹が聞いた。

「絵がうまかったですね。車の絵を描いてって、何度もねだったことがあります。あと蟬《せみ》取りも——。わたしは小学生だったから、夏休みになるとやって来て、一緒に遊んでくれるお兄さんでしたねえ。父が——、当時は父親が経営してたものですから、その父が富田君と呼ぶので、ぼくも、富田君、富田君って、親戚のお兄さんみたいに懐《なつ》いてました。ちなみに父と母は、このペンションをぼくに引き継いで、新潟市内のマンションで隠居生活をしてます」

「夏になると来てたんだ」

「そうです。最初は学生時代にサークルの合宿で来て——」主人がうしろの学生グループを顎で指した。「彼らも新大《しんだい》の学生ですが、あんな感じで毎年来ていて、それが卒業後も続いたんです」

「卒業後は彼女と一緒でしたか？」

「そうです。そうです。名前は何だっけ……」

「シホちゃん」

「そうそう。シホちゃん！」

主人が顔を紅潮させ、何度もうなずいている。

「いやあ、懐かしいなあ。もう三十年以上も前のことですよ……。そうだ。写真があるはずだから持って来ましょう。開業以来の、お客さんのアルバムがあるから」

主人が奥へと駆けて行く。直樹は予期せぬことに心が躍った。富田君の写真が見られるとは思ってもみなかった。

五分と経たず、主人がアルバムを抱えて戻って来た。

「ありました、ありました。親父《おやじ》が収集癖のある人間で、何でもとっておくんですよ。家族は迷惑がってるんだけど、たまにはいいことありますね」

主人はテーブルの向かいの席に座り、アルバムを開いた。

「これが赤いパンダと富田君」

その写真は赤いパンダをバックに、二十代半ばの男女と、二人に挟まれ、小学生の男の子と女の子が並んで写っていた。

「これがぼくで、隣は妹。妹は今、新潟市内在住の専業主婦です。で、これが富田君で、これがシホちゃん」

直樹は写真に見入った。そうか、君が富田君か。やっと会えたな。

富田君は思った通りのやさしそうな風貌《ふうぼう》だった。パーマを当てた髪と襟《えり》を立てたポロシャツが時代を感じさせる。なかなかのハンサム青年だ。

シホちゃんは、白いブラウスと黒のスカートのハウスマヌカン風。太い眉のメイクが時代を想わせた。こちらもなかなか可愛い。

いたなあ、八〇年代後半、こういうファッションの若者たちが。直樹は自分のアルバムを開いているような錯覚に陥った。この二人と自分は同年代である。同じ時代に、似たような青春を送ったのだ。

「シホちゃんのその後は知ってます？」直樹が聞いた。

「いいえ。富田君が白血病で亡くなってからは……。そのとき、ぼくは小学四年生で、富田君が死んだって親から聞いてショックは受けたけど、正直、あまり憶えてないって言うか。子供ってそんなものだから……。実は今日、赤いパンダを見て一気に思い出したんですよ。だから夕方から、ずっと富田君のことを考えてました」

「そうでしたか。じゃあ、来た甲斐《かい》があったかな」

「ありがとうございます。でも何でうちのペンションを知ったんですか？」

主人がもっともなことを聞く。

「うん？……パンダが連れて来てくれたんです」

直樹が赤ら顔で答えると、主人は冗談と受け取ったのか、静かに笑っていた。

デザートの苺《いちご》のタルトを食べ終えると、半分残ったワインを携えて部屋に戻った。ペンションらしく部屋にはテレビがなく、静寂の空間だった。中庭で鳴く鈴虫の音がやさしく響いている。ときおり食堂から学生たちの賑やかな笑い声が届いた。

富田君、明日は東京へ帰らせてくれよな。直樹は心の中でつぶやき、いや、でもそれはパンダ号に言うべきなのかなと思い、酔っていることもあって頭が混乱し、考えることをやめた。ただ、気分はいい。

4

翌朝、ペンションを発《た》つとき、主人のリクエストでパンダをバックに直樹と並んで記念撮影をした。

「三十年ぶりのパンダとの記念撮影だなあ」

主人は感慨に耽っていた。パンダはいろんなところで、いろんな人の記憶の扉を開けているようだ。

天気がいいのでキャンバストップの屋根を開けた。開放感がたまらない。発進すると、すぐに《音声案内を開始します》とナビが言った。さあ次はどこかな。ただし午前中だけ。おれも忙しいんだよ。パンダに話しかける。空は雲ひとつない青空で、赤いボンネットがキラキラと輝いていた。

新潟市内に戻り、どこだか知らない住宅地を走ったところで、目的地に到着した。七十坪ほどの空き地で、鉄線の柵《さく》で囲ってある。端っこに売地の看板が立っていて、不動産会社の名前と電話番号が記載されていた。

どうやら富田君が生まれ育った家のあった場所らしい。そう言えば元勤務先の役員が言っていた。両親が亡くなり、残された妹さんが実家を処分したかもしれないと。やはり取り壊されたのだ。

おいパンダ、残念だけどこれは仕方がないことだぞ。直樹はそう語りかけ、車から降りた。周囲を見回す。日本のどこの地方都市にでもありそうな、中流家庭が暮らす住宅街だった。似たような二階家がどこまでも並んでいる。

富田君の生家の場所だと確信はあるが、念を押しておきたくて、直樹は隣家に訊ねることにした。築三十年は軽く超えていそうなので、昔からの住人だろう。門の呼び鈴を押すと、「どちら様ですか」と応答があったので、空き地になった隣家について知りたい旨を伝えると、年配の婦人が怪訝《けげん》そうな顔で玄関から出て来た。

「すいません。ちょっとお聞きしますが、隣にあった家はいつ取り壊されたんですか？」

直樹が聞いた。

「今年の春らわ。奥さんが死んだの、冬だったから」

婦人がそう答えながら、門のところまで来た。そして停めてある赤いパンダを見るなり、はっとして直樹を正視した。

「オメさん、富田さんの親戚の人？」

「いえ、富田雄一君の昔の知り合いです。縁あって富田君の車を譲り受けたんです。それで、実家はどうなってるのかなって、気になって……」

「あらそう……」

婦人は花が咲いたように表情を緩めると、門を開けて自分も外に出た。

「わたし、この車見て、もしかして雄一君のお友だちでねえかって。だって生きてたらオメさんぐらいでしょう?」

「そうでしたか。富田君のことはよくご存じだったんですか?」

「もちろん。だってお隣さんだもん。わたし、雄一君とは四歳ちがいだども、子供会が一緒だったけ、集団登校で面倒を見てたのよ。ほかにも盆踊りとか、秋のお祭りとか、行事があると子供たちみんなで遊んだの。だから病気で亡くなったときは、わたし、弟を亡くしたみたいで悲しくて、悲しくてねぇ……」

婦人がパンダを眺め回す。「あら品川ナンバー」と驚くので、直樹は「ぼく、今は東京在住なんです」と昔は新潟にいたような顔をした。

「もうクラシックカーだわね。雄一君、大事にしてたもの。死んでからはおかあさんが代わりに乗ってたし」

「そうなんですか?」

「そっさー。富田君のおかあさん、車の免許持ってなかったけど、息子の車に乗るんだって、五十を過ぎてから一念発起して、車学に通ったのね」

「シャガク？」

「ああ、自動車教習所のことだわ。オメさん、新潟の人ではねぇものね。言葉がちがうし」

「東京です。富田君とは大学時代に……」

「ああ、新大で一緒だったのね」

婦人がうなずいている。もううそをついている感覚もなかった。

「じゃあ、この車には富田君のおかあさんも乗ってたんですね」

「たまにだろうけどね。わたし、その頃はもう結婚して家を出てたから、うちの親から聞いた話。ああ、今日は母親の面倒で来てるんだわね」

話をしていたら、家から高齢のお婆《ばあ》さんが出て来た。婦人の母親らしい。「何だね。誰らて」と娘に聞く。

「この人、富田さんとこの雄一君の大学の同級生ですて。雄一君の車を譲り受けて、家がどうなってるか見に来たんだって」

「どおー」お婆さんが目を輝かせて話に加わった。「取り壊すときは、妹のカズコちゃんが挨拶に来たんさ。おばさん、さようならって。富田さんの一家とは五十年以上の付き合いだったすけ、おれはもう涙が出て、涙が出て。そうかあ、雄一君が生きてたら、オメさんぐれえかあ。結婚して、家庭を築いて、もう孫ぐれえいたかもしれねねえー」

お婆さんが感慨深げに直樹を見上げる。年寄りは新潟弁もディープだ。

「そういえば、可愛い彼女がいたろ?」と婦人。

「おれも憶えてるわ。毎年命日になると、その娘さんがお線香を上げに来なさってさ。それで、富田さんが、あるとき、もう息子のことは忘れて、オメさんはほかの人と結婚してくんなせって言ってさ。そしたら、その娘さん、わんわん泣いて――。その後のことは知らねえども、どこにいよがね」

「小針《こばり》の花屋の一人娘さんてことは聞いてたども」

母子で思い出話をしている。二人は、パンダをしげしげと見つめ、「そうかあ、東京へ引き取られたかね」「いかった、いかったてば」とため息交じりに言った。

「すいません。富田君の墓参りに行きたいんですが、どこでしたっけ」

直樹が聞いた。ここまで関わったのだから、自分は墓参りをするべきだと思った。そして供花は――。

「南乗寺《なんじょうじ》だば、その先の国道に出たら、北に真っすぐ行けばいいっけ」

お婆さんが背筋を伸ばし、方角を指さして教えてくれた。

「ありがとうございました。じゃあ、わたしはこれで」

直樹が辞去の挨拶をする。

「こっちこそ。雄一君の車、大事にしてあげてね。新しい持ち主がいい人でうれしかった」

婦人が目を潤ませて言った。パンダはみんなの記憶を掘り起こしている。

国道に出て空いている道を北上していたら、見たことのある看板が目に飛び込んだ。《山田モータース》である。おお、昨日パンダを買った中古車店だ。用はないが、ひとことお礼を言いたくなり、店の前にパンダを停車させた。直樹が店をのぞくと、中に山田社長がいて、すぐパンダに気づいた。何事かという顔で外に出てくる。

「何か問題あったけね？」社長が大声で聞いた。

「いえ。絶好調ですよ。昨日、出湯《でゆ》温泉に一泊して、これから帰るところ。たまたま前を通ったから、挨拶でもと。ほんと、いい車をありがとうございます」

直樹は屋根から顔を出して答えた。

「そう。よかった」山田社長が、顔をくしゃくしゃにしてよろこんでいる。「ああ、昨日の蕎麦屋、うめかったろ？」

「あ、はい。おいしかったです」

直樹は自然に話を合わせた。新潟で、すっかり役者になった。

再び車を走らせる。途中、北陸自動車道の高架をくぐった。帰京するときはこれに乗ればいいのか。直樹は道筋がわかって安堵した。

ただ、カーナビはさっきから黙ったままだった。モニターに地図を映し出しているが、音声案内は一切ない。路側帯があったので一度車を停めた。

「あのさあ、シホちゃんの花屋さんに行きたいんだけど。さっきお隣さんが言ってた小針ってところにあるんでしょ？ 方角は合ってると思うんだけど、案内してくれないかな」

直樹は声にしてナビに話しかけた。反応はない。

「行きたくない？ まあ、わかるけどね、その気持ちは。シホちゃんも、もういい歳のおばさんだし、だいいちそこにいるかも、店が残ってるかもわからないし。でも行ってみない？ これで新潟を去るわけだし、心残りになるよ」

しばしの沈黙。ナビは黙ったままである。

「仮にシホちゃんが店にいたとしても、おれは何も言わないよ。ただ花を買うだけ。それは約束する。おれだってそんな野暮《やぼ》じゃないし、どちらかと言うとお節介は嫌いな方だし……」

ナビに音声を発する気配はない。もうここまでらしい。直樹に異存はなかった。無理強《むりじ》いする気はないし、そんな権利もない。

空は青く澄み渡り、秋の太陽が気持ちよく降り注いでいた。直樹は大きく息を吸い、クラッチを踏んでギアを入れた。さてと、じゃあ帰りますか——。そのときナビが言った。

《音声案内を開始します》

おお、ありがとう。直樹は胸が熱くなった。パンダはもう親友だ。

到着したのは駐車スペースのある中規模の花屋だった。店舗は新しく、近年建て替えられたものと思われた。つまり繁盛しているということだ。

外から見ただけで、直樹は心臓がどきどきした。まるで初デートの待ち合わせ場所に行く中学生のような心境である。

車を乗り入れる。店の前では中年の女が、植木鉢を並べ替えていた。女が振り向く。目が合った。直樹はシホちゃんだと確信した。なぜなら、女は赤いパンダを見るなり、一瞬にして顔色を変えたからである。

駐車スペースに車を停め、運転席から降りた。直樹は、その場に立ち尽くす女の左手の薬指を見た。自然に目が行ったのだ。そこには銀色の指輪があった、シホちゃんは結婚しているようだ。なぜかほっとした。その感情が適当かどうかはわからない。

「いらっしゃいませ」

女が（もしや……）といった表情で声を発した。顔は青ざめていた。

「こんにちは。花をいただきたいのですが」

直樹が言った。こっちまで声が上ずった。

「はい。どういった花でしょうか」

「お墓に供える花を」

「わかりました。では中へどうぞ」

女は標準語を話した。直樹の言葉遣いから、地元の人間ではないとわかったのだろう。

店の中は花の香りでいっぱいだった。花屋は久しぶりなので、異空間に飛び込んだような気になった。

「菊を何種類かと、カーネーション、桔梗《ききょう》なんかをアレンジした花束をご用意してます。もちろんご注文に応じて別のアレンジもできますが」

女が棚に並んだ花束を説明する。直樹は思い切って言ってみた。

「赤い花は変ですかね」

言ったらもっとどきどきした。

女も動揺したのか、返事に詰まった。一メートルほどの距離を置いて、互いに見つめ合う。

あなたがシホちゃんですか。もちろん聞くつもりはない。ペンションで見せてもらった写真の面影《おもかげ》はあまりなかった。それはそうだ。三十年も前のことだ。

「いえ。変じゃないと思います」

女が少し声を震わせて答えた。何か感じ取ったのだろうか。

「ではそれで」

「二束でいいですか」

「はい」

そのとき、店の奥から長靴を履いた若い女が出て来た。

「おかあさん。倉庫にあったフラワーベース、数が足りねよ」

言った瞬間、直樹に気づき「いらっしゃいませ」と声を一オクターブ上げ、愛らしい笑顔で会釈した。

「じゃあ自分で注文して」女が言い返す。

「わかった」

若い女がそう言ってまた奥に引っ込む。こっちの方が写真のシホちゃんに似ていた。いや、瓜二つと言ってもいい。シホちゃんとその娘だと確信した。

女が作業台で花束を手際よく作る。でき上がったそれは、愛する人に贈る花束そのものに見えた。

「サルビアとサザンカと薔薇《ばら》をアレンジしました。いかがですか」

「素敵です。ありがとう」

直樹は笑顔で礼を言った。

会計を済ませて外に出ると、女も見送りについて来た。直樹が運転席のドアを開けたところで、女が言った。

「このパンダ、品川ナンバーってことは、東京からですか？」

「そう。友人の墓参りに来ました。でもパンダってよく知ってますね。昔の車なのに」

「ええ、ちょっと」

もう一度見つめ合う。女の表情から動揺が消え、やさしい目をしていた。口元からは哀《かな》しみと、慈《いつく》しみと、愛情と、すべてがこもった笑みがこぼれている。彼女の胸には今、どんな思いが去来しているのだろうか。

「じゃあ、お気をつけて」

「ありがとう」

直樹は運転席に乗り込み、パンダを発進させた。店から出て三十メートルほど走り、バックミラーを見る。女は車道まで出て来て、パンダのうしろ姿を見送っていた。

不意に人を愛《いと》おしく思う気持ちが洪水のように溢れ、鼻の奥がつんと来た。いけねえ、いけねえ。おれが泣くところじゃない——。直樹はおなかに力を込めた。

ナビを見ると画面が消えていた。そこに地図は映っておらず、黒いままである。再び起動する気配はない。ああ終わったのか。直樹はそう思った。

君は天国へ帰ったのかな。束《つか》の間《ま》だけど楽しかったよ。君の人生を追体験させてくれてありがとう——。直樹は心の中で礼を言った。

カーラジオから、ポリスの「見つめていたい」が流れて来た。その曲に合わせるかのように、赤いパンダは、青空の下を軽快に走り続けた。

初出

すべて「小説宝石」／「海の家」2019年７月号、「ファイトクラブ」2019年11月号、「占い師」2020年４月号、「コロナと潜水服」2020年７月号、「パンダに乗って」2020年11月号

この物語はフィクションであり、実在する人物・団体等とは一切関係ありません。

【Spotifyプレイリスト】

01. ザ・ローリング・ストーンズ／You Got The Silver
02. Andrew Gold／Lonely Boy
03. Booker T.／Jamaica Song
04. Robert John／The Lion Sleeps Tonight
05. ジャクソン・ブラウン／Late for the Sky-Remastered
06. Milton Nascimento／Catavento
07. Milton Nascimento／Vera Cruz
08. Milton Nascimento／Maria Maria
09. ブライアン・イーノ／1/1 - Remastered 2004
10. ブライアン・イーノ／2/1 - Remastered 2004
11. ワム！／Wake Me Up Before You Go-Go
12. ティアーズ・フォー・フィアーズ／Everybody Wants To Rule The World
13. ザ・ポリス／Every Breath You Take

※ミルトン・ナシメントとブライアン・イーノの楽曲は作中に記載はありませんが、著者があらためて選んでいます。

※プレイリストの楽曲名はSpotifyプレイリストの表記に準じています。そのため英語と日本語の表記が混在しますがご了承ください。

※プレイリストを掲載している「Spotify（スポティファイ）」聴取サービスの使用は、Spotify社の使用基準に準じ、弊社が動作等を保証するものではありません。また、楽曲によっては予告なく音源が利用できなくなる場合があります。

光文社文庫

コロナと潜水服《せんすいふく》

著者　奥《おく》田《だ》英《ひで》朗《お》

2023年12月20日　初版1刷発行

発行者　三宅貴久
印刷　萩原印刷
製本　ナショナル製本

発行所　株式会社　光文社
〒112-8011　東京都文京区音羽1-16-6
電話　(03)5395-8147　編集部
8116　書籍販売部
8125　業務部

ISBN978-4-334-10154-1　Printed in Japan

組版　萩原印刷